沒有明天的我們，在昨天相戀

死にたがりな少女の自殺を邪魔して、遊びにつれていく話。

星火燎原—著
徐屹—譯

目錄

我在妨礙某個少女自殺。
那名少女有尋死的念頭。
那名少女總是孤單一人。
那名少女跟我有些相似。
想必和我一樣，光是活在這世上便感到痛苦萬分。
或許遂了她的意才是為她著想吧。
不過，我會一直阻攔她，直到她放棄為止。
妨礙少女自殺並不難。
只要搶先一步抵達自殺現場，等她來之後再帶她去玩就好。

第一章

尋死少女

死にたがりな少女

1

那天萬里無雲，碧空如洗。若是能決定自己的忌日，我應該也會選擇這樣的日子吧。

四月某日，我一早就在車站的月臺埋伏，坐在靠後方的長椅上，面對著上行列車，邊打呵欠邊玩手機。

這個位於新宿站往西約一小時的車站，雖說是都內但地處偏僻。只有一條被上下行鐵道夾在中間的島式月臺，連驗票口也只有一處。上下車必須按按鈕才能打開車門，而且特快列車並不停靠。

如此窄小的車站，一到通勤通學時段，依然人潮洶湧，擠滿了等待前往都心電車的上班族和學生。一群中學生在我眼前吵鬧，煩死了。旁邊那排則是一群濃妝豔抹的女高中生在聊天，音量大得在我耳邊迴響。還有一對高中生情侶在秀恩愛，上演著青澀的青春時光。

我低頭將視線從他們身上挪開，而後輕聲嘆息。

他們順利走在被安排好的人生軌道上，看起來十分耀眼。我的意思並不是指他們青春得燦爛奪目，正確來說，是我嫉妒他們，嫉妒得不忍直視。

因為「高中時期的我」與「眼前的他們」簡直是天差地別。

我當時的校園生活過得十分悽慘。既沒有戀人，更沒有稱得上是朋友的人存在。我又不是甘願變成邊緣人的，只是跟誰都無法意氣相投。

如果我只是對青春歲月感到自卑的話，或許還有救。然而可嘆的是，上班族看在我眼裡也同樣耀眼得令人自慚形穢。

站在附近的上班族留著一頭清爽整潔的短髮，穿著海軍藍西裝，從他的背影可以感受到一股社會人士的風格。

相較之下，自己又是什麼模樣呢？留著一頭蓬鬆散亂的頭髮，穿著縐巴巴的黑色襯衫和膝蓋部分磨得變白的深藍色牛仔褲，以及一雙就讀高中時買的破爛黑色運動鞋。高中畢業後，既沒有繼續進修讀大學，也沒有任職就業。

今年即將滿二十歲的我，早已完全脫離人生軌道。

——究竟要怎麼做才能過上那種人生呢？

自學生時代起，這個問題令我百思不得其解。不過，再怎麼想破頭，依然得到相同的結論，那就是——

「打從一開始，我就注定不可能過上那種人生。」

肯定不是因為選擇錯誤，而是自出生起，我的人生軌道就斷軌了。只要一路選擇正確，就能迎來快樂結局這種事，只會發生在遊戲中。也有的人生是無論選擇哪個選項都是壞結局，或是根本沒有選擇。

我就是抽中了這種人生。

無論如何都無法過上眼前這些學生和上班族那樣的人生。況且，事到如今再來煩惱這種事也為時已晚。

所以，無論重來多少次，我依舊找不到方法阻止她自殺。

我看見那名少女走向脫離排隊人龍的地方。

——要怎麼做她才肯放棄自殺？

我的目光追尋著在月臺上行走的那名少女，如此思考。

我知道她為何要走在那種地方。

她在上行列車行駛而來的月臺前端停下腳步。

那裡可說是跳軌自殺最合適的場所。但恐怕沒有人會預料到「她待會兒將跳向列車」吧。

可是我知道自己目光所及之處的少女，是為了自殺才站在那裡。

她的名字叫一之瀨月美。

她一心只想尋死，而我總是阻止她自殺。

中學三年級的她，擁有一頭長及背部的亮麗黑髮，身高比同年齡的女生高。不過體格纖細，白皙透明的肌膚彷彿吹彈可破。端整的面容乍看之下很成熟，實則處處保留著稚氣。

只論外表的話，她是典型的美少女，即使成為班上的人氣寵兒也不足為奇。

以一句話來概括，就是「她看起來與自殺八竿子打不著關係」。

而這看似與自殺無緣的少女，今天卻將在這個地方自殺。

我一早就監守在這裡，也正是為了阻止她。

一之瀨總是穿著便服，我從未看過她穿制服的模樣。

她穿著白色開襟衫，內搭小可愛，下半身則是穿著一條淡粉紅色長裙。

大概是她喜歡這樣的穿搭吧，每次自殺時大多穿著類似的服裝。也多虧如此，讓我非常容易找到她。

在我監視一之瀨時，突然響起通知特快列車即將通過的廣播。

七點十五分。就是這輛。她等一下會跳向即將通過的列車自殺。

我在列車即時動態看板上顯示「列車即將通過，請勿靠近月臺邊」的文字時，從長椅上站起來。從一之瀨的背後小心翼翼地靠近她。她看著朝車站迎面而來的列車，似乎沒有察覺我的舉動。

除了我跟一之瀨以外，月臺上的人毫無變化。或許根本沒有其他人仔細聆聽剛才的廣播吧。

列車靠近的聲音愈來愈大。

她開始走向鐵軌那側，我緊跟在她身後。

機會只有一次，不容許失敗！

我加快腳步，縮短與她的距離。

列車快要進站時，一之瀨超過了黃線。

宏亮的汽笛隨後響起，我反射性地想摀住耳朵。

月臺上的嘈雜對話因為汽笛聲而中斷，彷彿時間靜止，只有列車在活動。

列車轟然作響，快速地通過眼前。

風壓造成一之瀨的烏黑長髮輕舞飛揚。

列車瞬間便通過了月臺，轟隆聲也漸行漸遠。

一之瀨慢慢轉頭，目光順著抓住自己手臂的手，望向我的臉。

她看見我的臉後，表情十分地不滿。

待轟隆聲逐漸遠離，宛如時間再次轉動般，月臺上又恢復了談話。傳來中學生們喧鬧著「嚇死我了！」「你也太膽小了吧！」以及女高中生們興奮地說道「那是怎樣？自殺嗎？」的聲音。

我無視那些聲音與視線，嗤鼻輕笑道：「真是千鈞一髮呢。」於是，依舊被我抓著手臂的一之瀨開口：

「我差點就如願以償了呢。」

她鬧彆扭似地說道，應該說，她的確在鬧彆扭。她那雙明眸大眼瞪起人來一點兒魄力都沒有，抬眼仰視更是造成反效果。

「妳也差不多該放棄自殺了吧？」

一臉成熟的樣貌，卻鼓起臉頰幼稚地鬧彆扭。那副神情彷彿想表達她已經聽膩這句話了。想必就算不是我這種不擅溝通的人規勸她，也難以攻克吧。

這已經是她第十二次打算自殺了。

這四個月來企圖自殺十二次，每次都被我妨礙。不過，她依舊不屈不撓，令我為難。

「這已經是我第十二次救妳了。妳總該明白，不管妳自殺多少次，都會獲救吧。」

「不是救我，是妨礙我。」

一之瀨撇過頭，輕聲補上一句：「我都說用不著救我了。」

每次都是這樣。我特地一早趕來救她，她卻只覺得我在妨礙她自殺。當然，我對此也有自知之明，因此每次換來的都是好心沒好報。

「你阻撓我再多次也沒有意義。」

一之瀨語氣強硬地甩開我的手，逃也似地邁開步伐。「喂，等一下啦！」我一邊追上去說服她，她卻並未停下腳步。我原本想再次抓住她的手挽留她，但她纖細的手彷彿一用力拉扯就會折斷。我縮回伸到半空中的手，跟以往一樣繼續無意義的說服。

「我會一直妨礙妳，直到妳放棄自殺為止。」

「你這話的意思是，會妨礙我到底囉……」

「沒錯，除非妳放棄，否則一切免談。」

我笑著回應她無奈的答覆後，氣氛並未因此緩和下來。

「那倒未必，你今天不就晚一步來妨礙我了？」

「我並不是差點來不及救妳，從列車進站之前我就一直在注意妳了。」

平常我在發現一之瀨時就會出聲向她攀談了，今天是刻意等到最後一刻才跟她說話。我原本期待她看見通過眼前的列車後會改變心意，結果事與願違。況且，就算我能將她的行動掌握得一清二楚，我也不想再經歷這種嚇破膽的事情了。

「你既然在一旁關注我的話，幹嘛不早一點來跟我說話？」

「妳該不會……在等我來吧？」

我半開玩笑地說道後，一之瀨便低頭挪開視線。我還以為她肯定會回答「怎麼可能嘛」

這種否定的話，所以感到有些意外。難道是覺得否定也很愚蠢嗎？

「話說回來，你為什麼會知道我會採取什麼行動？」

一之瀨表情不悅地改變話題詢問道。

她之前也曾問過幾次同樣的問題。

她並非在固定的時間、地點企圖自殺。今天也打算選在有別於以往的時段尋死。站在她的立場來思考的話，她大概覺得偏偏在她企圖自殺時，我總是料事如神而感到疑惑吧。

「又是這個問題啊。也好……差不多該讓妳知道真相了。」

當我將手抵在下巴，眼神認真地望向她後，原本對我不屑一顧的她突然停下腳步，望向我。大概是因為我平常都回她「如果妳放棄自殺我就告訴妳」這類的話，不肯認真告訴她的緣故吧，她似乎沒料到我這次會如此回答。

「那是因為……」我賣關子地說道。她好奇地露出像是在表達「那是因為？」的表情盯著我。

平常態度冷漠的一之瀨竟然會捧場，實屬難得。我在她圓滾滾的眼瞳中感受到剛毅，不過今天我的回答一樣是：

「還是等妳放棄自殺後再告訴妳好了。」

在我說完這句話的瞬間，我從她眼瞳感受到的堅毅消失得無影無蹤。她一副沒了興致地唾棄道：「算了，再見。」再次逃也似地邁開步伐。好歹也煩惱一下吧。我嘆息著追在她的身後。

「就說妳放棄自殺我就告訴妳了嘛！」

我繼續說服她，但她只是加快腳步，沒有回答。我緊追在後，避免跟丟她，一邊從口袋掏出一只銀色的懷錶，確認時間。

「對了，妳找到想去的地方了嗎？」

我朝著她的背影詢問後，她回答：「怎麼可能找到嘛。」

「妳不是答應我下次見面時會想好想去哪裡嗎？」

「我哪有答應你，一個將死之人哪會有什麼想去的地方。」

「唉……總會有的吧。臨死之前想去一次看看的地方。」

她那滿不在乎的態度令我傻眼，結果她反過來問我：「要是我有想去的地方，你打算怎麼做？」

「我想說就直接帶妳去玩啊。」

我從以前就一直提議，想說應該可以幫助她轉換心情，可是她從來沒有回應我。

不過，一之瀨回頭望向我，如此說道：

「那我想去陰間，帶我去吧！」

臉帶笑意、得意洋洋的一之瀨，看起來就像個符合她年紀的天真少女。不過，當我沒想到她會來這一招而啞口無言時，她抱怨道：「我都說出我想去哪裡了，你好歹也說句話吧。」然後又恢復以往怏怏不樂的神情。

她偶爾會露出那種天真無邪的表情，真是太卑鄙了。虧我在反覆摸索的情況下，一次又一次地阻止她自殺，她卻不把我的所作所為放在眼裡，堅決不放棄自殺，每次都害我覺得自己這麼做是不是毫無意義。不過，看見她那純真可愛的表情，又讓我抱著一絲希望，期待她總有一天會放棄自殺。

「妳想讓我變成殺人犯啊？」

「既然沒辦法去陰間，那我回家了。」

態度冷漠，故意鬧彆扭的她，果然很小孩子氣。

但我絕對不能放她獨自離開，她不知道要是她離開後馬上自殺，我便毫無辦法應對了。所以阻止她自殺後，一定要帶她去某處遊玩。

「妳得再跟我待兩個小時才行。」

「那個，我聽不懂你這句話是什麼意思耶。」

也難怪一之瀨會感到疑惑，不過告訴她實情的話，也只會讓她更加困惑吧。所以我決定把她的問題當作耳邊風，繼續說道：

「反正妳也不想回家吧？」

看來被我說中了，只見一之瀨低頭沉默。

從她過往的行動可以判斷出她並不想回家。

剛遇見一之瀨時，她防備心很重，根本不聽我說話。當時我一個勁地跟在她身後，卻看見她時而坐在公園的鞦韆，時而眺望河川，根本沒打算回家，百無聊賴地打發時間，直到黃昏。而且好像也沒帶什麼錢，我看過幾次她站在自動販賣機前數零錢的樣子。因為看不下去她用公園的水龍頭喝水，我藉機請她喝罐裝果汁並展開對話，然後帶她去家庭餐廳，這才達成在阻止她自殺後，帶她去某處遊玩的條件。

只是在我阻止她自殺後，她的心情都很差，每次都必須花一番工夫說服她。

「妳今天想去哪裡？」

「……就說沒有想去的地方了。」

雖然說話的態度還在嘔氣，但這回應算是很給面子了。就過去和她交流的經驗已經充分了解到，依她的個性，如果她真的不想去的話，會強硬地拒絕或直接漠視，不予回應。

她從來沒有老實地跟我走過，不過因為跟我走的好處是不愁吃喝，所以至少她沒有真的感到很厭惡的樣子。

「妳吃過早餐了嗎？」

「沒有……」

「那要去吃個什麼東西嗎？」

只靠言語說服，她應該不會乖乖跟我走，所以我溫柔握住低著頭的她的手，避免弄傷她。她有點吃驚，煩惱著該不該鬆開我的手，但並沒有表現出厭惡的態度。她纖細的手比我的還要柔軟，而且非常溫暖。如果我沒有阻止她自殺的話，這雙手如今會變成什麼樣子呢？

「好了，我們走吧。」

我如此說道，拉了拉她的手後，她便輕輕點頭，跟在我身後。

我總是像這樣阻止她自殺。
然而無論我阻撓多少次，一之瀨依然不肯放棄。
她會在幾週後，快的話則是幾天後，決定再次尋死。
而我打算一直阻撓她，直到她放棄自殺為止。
但有一個問題，那就是我的餘命所剩無幾。
我並非罹患了不治之症。
只是我以自己的壽命為代價，換取了一只錶。

2

「相葉純先生，可以將你的壽命讓給我嗎？」
前年的十二月二十五日，高中生活最後的聖誕節，一名陌生女子問我能不能把壽命讓給她。
儘管當日天寒地凍，我依舊跑到當地的某座橋上眺望風景。那座大橋橫跨河川，連接起兩座城鎮，卻很少行人往來，連汽車也鮮少通過。因此能將潺潺的流水聲聽得一清二楚，更不會漏聽魚兒跳出水面的聲音或鳥鳴聲。
我喜歡獨處的時光，但這並不代表我渴望孤獨，只是因為無法喜歡上周圍的人，才落得孤單的下場。

感覺同班同學和街上的行人都幸福得冒泡。我覺得幸福的事，他們視為理所當然；而我認為的芝麻小事，他們則視為是極大的煩惱。

我的價值觀跟普世的價值觀不同。

受不了因為這些差異所造成的摩擦，所以孤獨雖然令我感覺寂寞，但就算硬待在人群中我也只會覺得更悲慘而已。所以我與人們拉開距離，製造能獨處的時間。結果在不知不覺間成為了我生活的全部。

對我而言，這座橋是我為數不多的休憩場所，我高中時期經常來這裡。

或許有人會覺得聖誕節還一個人來橋上，真是個孤單的傢伙，但事實就是如此，我也沒辦法。我不想走在聖誕節擁擠的市區，也避免在家裡度過。正因為是這種日子，我才想待在這個屬於我的場所。

這一天我也一直在橋上，從下午待到傍晚，這段期間只有幾輛車通過，不見任何人影，四周便慢慢變得昏暗，也增添了幾分寒意。

橋上排列的街燈亮起橘色的燈光，從欄杆望向正下方，陰暗得看不見地面。漆黑一片，若是聽不見流水聲，甚至不知道有河水在流動，感覺深不見底。

我在橋上四處張望，空無一人。只看見亮起朦朧燈光的街燈排列成一定間距的光景。我喜歡這樣舒適的空間，宛如全世界的人都消失，只剩我一人。

不過，在遠處奔馳的汽車車燈映入我的眼簾，立刻將我拉回現實。我仰望著不見一顆星子的冬季夜空，吐出沉重的白色嘆息。

那名陌生女子就是在這時向我攀談：

「相葉純先生，可以將你的壽命讓給我嗎？」

那名女子全身穿著黑色服裝，令人毛骨悚然。身材修長、瘦骨如柴，一頭銀色長髮美麗得彷彿不像人間之物，然而她臉上浮現的詭異笑容卻抹殺了這份感動。

記得當時被這種像是搞錯聖誕節和萬聖節的傢伙搭話後，我的內心十分驚恐。接著在腦海整理思緒，心想：「這女人是在嘲弄我嗎？還是只是單純的腦子有病？總之，不是個正常人吧！」試圖先讓心情冷靜下來。

不過，我發現這個女人叫了我的名字，原本快要平息的情緒又波動起來。

我將她與過去相遇的人物做比對，卻找不到相符的人。如此一來，只能懷疑是有人故意設局在整我了吧。但我沒朋友、戀人和點頭之交，實在想不出有誰會這麼做，哪有這種怪咖會以驚嚇我為樂？

「你再想也只是浪費時間，我跟你是初次見面。」

女人像是看穿我的心思般嗤之以鼻地說道。

儘管她那種譏笑別人的態度令我感到不悅，但我還是開口詢問她為何知道我的名字。正確來說，我是在問她：「是從哪裡聽說我的名字的？」

不過，她的回答卻出乎我的意料。

「不只名字，我還知道你的全部。」

並且竊笑道：「簡單來說，就是我能讀取人心。」

我聽完後，忍不住「啥？」了一聲。這個女人在說什麼鬼話？

「啊哈哈，別擺出那種表情嘛。」

「正常人都會做出這種反應吧。」

「哎！也難怪你不敢相信啦……」

我持續瞪視眼前這位嘴角異常上揚，面帶微笑的女人。女人無懼我兇狠的眼神，當作我在回應她，接著反問：「那麼，這樣如何？」

她開始說起某個男孩的成長經歷，講述某個愛做夢的孩子慢慢理解現實的殘酷，先是嫉妒周圍的人，後來逐漸陷入孤單。我緊握著自己顫抖的手，一邊聆聽。

我立刻就意會到那是誰的成長經歷。

因為故事主角無庸置疑就是我自己。

女人所說的從頭到尾都與我的人生完全一致，甚至說中了一些不為人知的事。從別人的口中聽說後，我再次體認到自己過去的人生有多麼地無意義。我想摀起耳朵，但這麼做只會讓我顯得更加悲慘。痛苦得就像是粗魯地用手觸碰到剛結痂的皮膚般的時間，無止境地持續下去。

「你的臉色很蒼白喔，沒事吧？」

等我回過神來，一張探頭窺視我臉龐的陰森面孔就在眼前，令我不小心後退了幾步。

「妳究竟是何方神聖……」

我迷惘地問道。於是，女人思考了幾秒後，如此自我介紹：

「這個嘛，我就自稱為死神吧。」

死神？我只覺得是騙小孩的把戲，但她的外表的確很有死神的風格。樣貌不差，但體型削瘦，又留著一頭銀色的長髮，皮膚蒼白得令人擔心是否血液循環不良。再加上服裝清一色黑的緣故，更加強了她纖弱的體型與不健康的膚色。

死神像是在強調她會讀取人心似的，臉帶笑意地說道：「很符合死神的形象吧？」被說中到這種地步，我也無力反駁。

死神看著眼神的狠勁削弱的我，露出格外詭異的笑。

「相葉先生，我是因為想助你一臂之力，才冒昧向你攀談的。」

「助我一臂之力？妳不是說希望我把壽命讓給妳嗎？」

「防備心別那麼重嘛！我是你的同伴，只有我能理解你，這世上可沒有人會擔心一路走過可笑人生的你。」

死神臉上浮現嘴角咧到太陽穴般的笑容，伸出她那慘白的手摩挲我的臉頰，害我起了一身雞皮疙瘩，反射性地揮開死神的手。

「而且，其實你也很渴望吧？」

「妳想說什麼？」我如此反問後，死神便微笑道：

「你想死，對吧？」

死神的笑容陰森得充滿自信，令我脊梁發涼，並且散發出心臟一陣揪痛的緊張氣息，就快被她那完全沒考慮會被否定的表情所吞噬。這也難怪，因為死神的確說中了我的心聲。

——我想快點結束這種毫無意義的人生。

即使回溯童年記憶，快樂的回憶也少得屈指可數，更多的反倒是不想記起的回憶。但我依舊每天忍耐，相信總有一天會得到回報，然而狀況卻每況愈下。

於是高一的夏天，因為發生某件事，讓我開始考慮自殺。

每次去橋上往下看時，總是有個聲音一直告訴自己「跳下去吧」。不過，卻缺少臨門一腳的勇氣，就這麼過了兩年，高中生活也即將告終。我不想上大學繼續進修，也不想工作。可想而知的是，一到春天只會過得更加悲慘。所以我才想在新年前跳橋輕生，落得痛快。

只要這雙腿敢動的話，根本輪不到這個自稱死神的女人來找我說話。

「你一直感到很痛苦吧？」

用削瘦的臉龐莞爾一笑的死神，實在看不出來有多麼同情我。

「請務必讓我來幫助你早日解脫。」

「解脫？」

「是的，我希望你把壽命讓給我。」

隨後補充了一句「當然不會讓你白給」後，便從袖子拿出一只懷錶。

「這叫作銜尾蛇銀錶。」

那是一只帶鍊子的銀色懷錶，外觀跟普通的掀蓋懷錶沒兩樣。硬要舉出特徵的話，頂多就是蓋子上刻有類似龍一樣的生物吧。

「這只銜尾蛇銀錶並非普通的錶。」

死神接著說道：「這只懷錶……」
「能讓時光倒流。」
死神的確是這麼說的。
「能讓時光倒流？」
我以為自己聽錯，再次詢問後，死神回答：「沒錯，就是字面上的意思。」
然後，遞出銀錶展示給我看，同時開始說明。
當時說明的總結如下：

⊙能使用銜尾蛇銀錶的，只有支付壽命的持有者。
⊙使用方式是拿起銜尾蛇銀錶，在腦海用力回想希望返回的時間。
⊙最多可返回到二十四小時之前。
⊙倒流時光一次，必須等到三十六小時後才能再次使用。
⊙只有銀錶持有者能保留時光倒流前的記憶。
⊙除非有人在倒流時光時觸碰到持有人的皮膚，那麼當事者也會保留記憶。

簡而言之，並非能隨時倒流時光，而是存在著一些細節規定。
「要不要拿你三年之後的壽命來交換這只銜尾蛇銀錶？」
死神如此詢問後，又立刻像是想起什麼事情似地補充道：「正確來說，是交換從明天算起的三年後的壽命，所以明天才能讓時光倒流。」

用只能活三年，來換取能讓時光倒流的懷錶。

雖然令人難以置信，但因為她鉅細靡遺地說中我的成長歷程，所以我認為就算是真的也不足為奇。雖說能讓時光倒流，但使用過一次後，就必須等到三十六小時後才能再度使用。換句話說，就算立刻將時光倒流二十四小時，時間依然會流逝十二小時，無法藉由不斷倒流時光來延續生命。

當時的我即便明白這個道理，還是決定答應了交換。

過去不敢自殺的我，為何輕易答應這場交易，並沒有什麼值得一提的理由。關鍵可能是在於能死得比跳橋自殺輕鬆，或是那天沉浸於感傷之中，憤世嫉俗而衝動答應，也或許是想試試死神說的話究竟是真是假。無論如何，就像是層層堆疊的書本一旦稍微傾斜，便會瞬間倒塌般，一個又一個累積起來的要因，讓我失去平衡了吧。

「謝謝。那麼，立刻開始吧。」

死神將瘦骨嶙峋的手放到我的胸口，原本體溫就因為天氣寒冷而降低，但死神的手卻冰冷得連隔著衣服都能明顯感受到。

「那麼，我就收下你的壽命了。」

那一瞬間，我全身發冷。那是我至今從未體驗過，宛如有什麼東西被吸走般令人不快的寒氣。緊接著腦袋開始恍惚，差點失去意識。事情發生或許只有短短數秒，但我卻拚命地保持清醒，避免跪地昏倒。

「結束了。這下子你就能實現你的願望了。」

死神的聲音將我的意識拉回現實。我腳步蹣跚，差點就要仰倒在地，勉勉強強才維持住平衡。等我回過神時，寒氣已經消失，但感覺內心開了一個洞，好像失去了什麼重要的東西……模稜兩可的，我也說不上來，但的確有什麼改變了。

「從今天起，這只懷錶就是你的了。」

我從死神削瘦得令人不舒服的手中接過銜尾蛇銀錶。銀錶很冰涼，比外觀看起來重。

秒針移動的聲音很大，蓋上錶蓋依然聽得一清二楚。

「你會在三年後的十二月二十六日凌晨零點斷氣。」

死神微微低頭，微笑道：「請好好享受剩下的三年時間。」

我聽見這句話後，只是覺得三年很長。

反正終歸要死，不如早死早超生。

因為我當時的想法是如此，所以並沒有將她臨別時的忠告放在心上。

「千萬不要對捨棄壽命一事感到後悔。」

這就是死神臨別時對我提出的忠告。

3

隔天，我測試了一下銜尾蛇銀錶。

就結論而言，真的能夠倒流時光。

過程只消剎那間。手持銀錶，在腦海浮現想返回的時間後，意識便立刻中斷，回過神來時間已經倒流回去。跟切換電視頻道相差無幾。

一開始我還做好準備，以為會出現魔法陣，或是被帶往擺滿無數鐘錶的世界，這種漫畫般的情景，結果造成想像愈豐富失落感就愈大的下場。

一旦時光倒流，就必須等到三十六小時後才能再次使用。

而期間不只無法倒流時光，銀錶的秒針還像電池用盡般停止不動，失去了普通鐘錶的機能。經過三十六小時後，秒針才會再次移動，自動校正時刻。也就是說，只能在秒針移動時讓時光倒流。

在真正讓時光倒流之前，我並沒有徹底相信死神說的話。而是想著如果時光無法倒流，死神拿出寫著「整人成功」的標語牌出現的話，我就要拿銀錶扔她。

而且，令我半信半疑的不只銀錶。

還有壽命的事。在我倒流時光後，才實際深切感受到自己即將在三年後死亡。

「千萬不要對捨棄壽命一事感到後悔……嗎？」

我想起死神最後留下的忠告，暗自竊喜。

我並未感到後悔。

反而神清氣爽。

——再三年就要死了。

光是說出這句話，心情就十分地暢快。自從只剩三年壽命後，我每天開始思考「如何度過今天」，跟昔日只想著自殺的日子相比積極多了。

當時我對自己的心境產生如此變化感到吃驚。不過，如今卻覺得也沒什麼好奇怪的。

開始考慮自殺時，我曾經查過有關安樂死的資料。

有幾個國家承認安樂死，但基本上只允許像罹患末期癌症這類醫治無望的患者才能進行安樂死；有些國家則是只允許出現難以忍受、無法消除的痛楚時，才能進行。雖然有些差異，但大多數的國家都是以從痛苦中解脫的名目，作為最終手段來使用。

我以前讀過一篇報導，上頭寫說「有的末期患者因為安樂死，直到臨終前都保有生存意志」。

報導中介紹到安樂死制度的好處，寫道「有的患者認為與其無法除痛，迎接痛苦的臨終，寧可『死得輕鬆』。對這些患者而言，能以自己的意志決定臨終的安樂死，無疑是一劑強心針」。

雖然那篇報導給人美化安樂死的印象很深，但內容卻令人深感認同。

明知未來等待著自己的只有痛苦，那種心情是非常煎熬的。哪有人隱約看見眼前是懸崖絕路，還執意繼續前進的？

我也是一樣。無法喜歡別人的我，即使繼續活下去也如坐針氈。實在不認為等待著自己的會是燦爛的未來，也沒有自信能到達終點。所以為了不再痛苦、為了保護自己，才考慮自殺。

能看見只剩三年壽命的這個終點，令我安心不少。就算想死，也能說服自己「反正三年後就要死了」，比起沒有夢想和目標，過得渾渾噩噩輕鬆多了。

當然，銜尾蛇銀錶的存在也占了很大的分量。抱著「好不容易得到了這麼神奇的懷錶，死之前當然要用夠本」的心態，我倒流時光做了許多事。

最先想到的，是每個人都想得到的使用方法。

那就是任意揮霍，等錢包裡的錢都花光後，再倒流時光。

無論要在遊樂場玩幾小時、從早到晚窩在電影院看電影，或是一直吃愛吃的食物，只要讓時光倒流，錢財就不會減少。

遊樂場和電影院本來就是能讓我轉換心情的珍貴存在，只是憑高中生的財力，無法每天光顧。能不在意荷包裡有多少錢，盡情玩樂轉換心情，其實挺不錯的。

不過，最後還是得在揮霍無度之前就必須讓時光倒流，雖然能轉換心情，卻無法打發時間；就算吃了許多愛吃的食物，也只能恢復空腹狀態；買完東西無法留在手邊，一直玩同樣的遊戲、看一樣的電影實在很膩。就算想要花大錢追求刺激，高中生帶的錢能一次花完的額度有限。

所以接下來我決定增加金錢。

只要返回二十四小時前，就等同於我早已知道未來一天會發生什麼事。
既然如此，我想應該能靠賭博賺取巨額獎金。
先背下彩券的中獎號碼後再讓時光倒流，測試中獎號碼是否相同。我原本期待這個方法能最快賺到錢，結果中獎號碼跟時光倒流前不一樣；我後來嘗試賭馬，結果名次也跟時光倒流前不同，很難靠經常賭贏來獲取高額獎金。
從這些結果可得知「即使時光倒流，也不會經歷同樣的未來」。
簡單來說的話，就只是重新來過而已。
就跟擲骰子也未必擲出同樣的數目一樣。彩券只是重新開獎，賭馬只是重新比賽，並非能造成與時光倒流前一樣的結果。
只有股票是唯一不會造成劇烈差異的結果。
股票雖然也會產生不同結果，但有別於完全隨機開獎的彩券，牽涉到人為思考，結果較難產生變化。我雖是股票新手，但事先模擬了幾次後，判斷賺錢的機率高，便尋找是否有人能幫忙代理購買股票。
我本來想自己購買，但未成年需要經過父母同意。我跟父母處得不好，根本不想拜託他們，何來苦惱是否能獲得他們同意？
我先再三地倒流時光，持續在網路留言版寫下預言未來的文章。接著就傳出「這個人的預言命中率很高」的傳言，等到受到大量關注時，就不再寫有關未來的預言，改寫以分紅來作為代理購買股票的報酬為誘因，來徵求人幫忙，結果輕易地就找到了。

我以簡訊聯繫對方，踏踏實實地買進看中的股票，股利不斷上漲，每週都有高到覺得工作真傻的金額匯進戶頭。等我存到三年都用不完的錢後，便停止賺錢，改為思考怎麼花錢。

我先用股票賺來的錢租了一間公寓房，這時還是只能拉下臉拜託父母當保證人。雖然被問了一堆「有辦法自己付生活費嗎？」「哪裡賺來這麼多錢的？」等麻煩問題，最後還是付給他們一筆錢作為保證金堵住他們的嘴，才成功說服他們。

那是一棟八層樓建築的公寓，我選擇恰巧有空房的最上層公寓。三房兩廳一廚還附陽臺，一個人住顯得有點大，但可以阻隔人聲車聲，是高樓層的優點。雖然遠遠比不上高級住宅大樓，但對於我這個想盡早與關係不好的父母分開的人來說，已經十分滿意了。

順帶一提，我跟父母的關係可不只是單純「感情不好」而已，因為他們是我的養父母。自從被收養後，我就無法融入這個家庭，一直保持距離的結果就是彼此相看兩相厭。之所以隨便說服就能讓他們答應當我的保證人，或許也是因為他們想早點把我趕出家門吧。我對他們從來沒有過一家人的回憶，經常覺得他們是外人。家裡有討厭的人在，待起來就是不舒服。對我來說，能實現獨自生活這件事，是非常大的變化。

而三月高中畢業後，我終於名正言順地脫離牢籠。其實反正三年後就要死了，根本不需要讀完高中，但父母提出要好好讀完高中、少蹺課，才答應當我的保證人，為了避免不必要的爭執，我便一直忍耐到畢業。

終於搬出來一個人住後，簡直就是我夢寐以求的生活。

不用工作也能買自己喜歡的東西，吃自己愛吃的食物；不用找地方打發時間，也能有個房間讓自己獨處；不用與人見面，也能生活下去……

這段時期我快活得不禁開始擔心自己是否會改變心意，後悔捨棄壽命，渴望繼續活下去。

不過，也只有最初的幾個月令我產生這種心情。

生活過得再怎麼夢寐以求，不斷重複同樣的日子，也會淪為一成不變。電動打不久，每天訂外賣的披薩或壽司也吃膩了。外出轉換心情，也會因為討厭別人而馬上縮回房間。想找新的事情做，卻對任何事都提不起勁。

不到半年，我夢寐以求的理想生活，就又變成了無聊透頂的日子。

令我不禁想像若是沒有捨棄壽命，過著普通生活的話，現在會是如何？

想必是工作幾十年也遠遠過不上現在的生活吧。不只如此，就算更早自殺也不足為奇。即使奇蹟似地過上現在的生活，也會產生這樣的心情。

這肯定是最棒的人生。

不是捨棄壽命會不會後悔的問題。

而是要怎麼做，才會讓我以後感到後悔？

如果真的能讓我感到後悔，還真希望有人能教教我。

——**捨棄壽命是正確的**。

我如此深信不疑。

但依舊不會改變日子過得無聊的事實，只是等待時間流逝的生活實在太苦悶了。

不過，就在我與死神交易整整一年後的聖誕節。

發生了一件事，改變了我無聊的日常生活。

今年我也獨自過聖誕節，但跟去年不同的是，今年是在自己的房間，而不是在橋上過聖誕節。就在即將來到午夜零時跨日時分的時候，我突然好奇傍晚下起的雪會下到什麼時候而打開電視收看天氣預報。在還沒播放天氣預報的期間，我一直在看夜間新聞，都是些我這個剩餘壽命即將不滿兩年的人看來，無關緊要的消息。

其中只有一則新聞報導引起我的注意力。

那就是「橋下發現一名死亡的中學少女」。

遺體是在當天傍晚發現的。警方正朝他殺與自殺兩方面進行調查，但我認為這則報導想表達「肯定是跳橋自殺」的訊息。

即便我的壽命所剩無幾，不怎麼關心世事，但聽到自殺還是會特別留意。

然而令我在意的不只這一點。

少女墜落的橋正是——我與死神交易的地方。

電視映照出我常去的那座橋。

有其他人企圖在同一座橋自殺，而且真的執行了。當我如此解讀這則新聞的瞬間，內心竟然湧現一股近似歡喜的感情。連我也覺得自己有病，居然對別人自殺一事感到欣喜。不過得知有同類時內心還是忍不住激動。

我甚至忘記要看天氣預報，一整晚都在思考自殺的少女是什麼樣的人？又是以何種心情跳下橋的？

到了隔天，少女的事依然在腦海裡揮之不去，因此我決定前去那座橋，順便散散心。一直下到深夜的積雪沒有被剷除，害我花了不少時間才抵達目的地。

我已經好幾個月沒有來了。原本就是只想獨處時才會來的地方，所以自從開始獨自生活後，就沒有來的必要了。

久未造訪的橋，比記憶中的景色還要殺風景。

少女似乎是從橋的正中央跳下去的樣子，只見正下方的沙洲圍起黃色警示帶。

我從橋上窺視圍著警示帶的墜落地點。

下方布滿無數凹凸不平的岩石。到了夜晚，橋下漆黑一片，猶如無底洞，但實際上高度有點微妙，如果不是頭部墜落，恐怕很難立即死亡。若是跳下後，一時半刻還有意識，想想就可怕。

有個年紀比我小的女生從這裡跳了下去。

從這座我不敢跳下的橋，跳了下去。

我俯瞰了一陣子後，有四個大概是中學生的少女從另一側走了過來。起初我以為是自殺少女的同學帶了東西來悼念她。然而那四人卻眉開眼笑地拿起手機拍攝自殺現場。我偷聽她們的談話，發現她們說著「終於消失了」或是「不用再看到那傢伙的臉了」，了解她們很開心少女已經自殺。

我慢慢加強雙手抓住欄杆的力道，一邊偷聽她們的對話。

大概想猜到她自殺的原因，卻沒有料想到加害人竟然會刻意來到自殺現場。我在旁邊偷聽四人對話的期間，一股負面的邪惡情緒在心中不斷翻騰，但曾經將少女自殺一事視為同類而沾沾自喜的我，即使在心中責備那些人，也只會留下罪惡感。

四人在自殺現場談天說笑了一會兒後，便露出彷彿去完遊樂園後正要回家的滿足表情，踏上歸途。

獨留我一人的橋上跟以前一樣寂靜。

能聽見的只有潺潺流水與颯颯風聲。俯瞰自殺現場後，只見警示帶被風吹得啪啪作響，卻不至於遮擋住流水聲。

與之前常來時不變的空間，除了我以外的人都消失的世界。

一想到自殺的少女，感覺就像真的被獨自遺留在這個世界。

類似於失落感。鮮少與人扯上關係的我，過去也曾有過幾次被失落感折磨的經驗，而現在的心境就近似於那樣。

我這個沒有家人朋友的人，就只是把別人當作「可有可無的人」或「令人不愉快的人」而已。

就算不曾見過，不知道長相，光是選擇這座橋作為自殺的場所，就足以令我對她懷抱著一種親近感。

所以才會對她產生移情作用，冒出「讓時光倒流，阻止少女自殺」這種愚蠢的想法吧。

4

我本來並沒有打算真心阻止她自殺。

我知道單單阻止她自殺，並不會迎向快樂的結局。只是從遊戲結束改為繼續遊戲，回到名為霸凌的劇情罷了。對於想結束這場垃圾遊戲而選擇自殺的她而言，我這麼做反而是幫倒忙吧。

況且自殺的原因只是因為遭受霸凌這一點也有待商榷。

有可能是原本就不擅社交，或是對容貌感到自卑等原因而導致她自殺。若是像我一樣因為不想再受到傷害而選擇自殺的話，我救她豈不是反而讓她更痛苦。

但要我將這件事忘得一乾二淨實屬不易。

聽見那四人的對話是最大的原因。那名自殺的少女是個「因受到霸凌而自殺的可憐女生」，這種印象已在我心中根深蒂固。

我知道這是我個人擅自作出的解讀。不過就這樣置之不理，跟對霸凌視而不見有什麼兩樣？這世上並沒有其他人能讓時光倒流，我到死之前肯定會不斷想起她，內心充滿罪惡感，內疚不已。

我無論如何都想避免剩餘的兩年人生在受罪惡感折磨的狀態下度過。

——換句話說。

我阻止她自殺的理由，只是為了自己找藉口。

如果就這樣不予理會，我肯定會後悔吧。

所以，我決定阻止少女自殺一次。

如果她能放棄自殺是最好，倘若她還是堅持要自殺，我也只能拍拍屁股無奈地死心。只要找藉口說自己「已經盡力了」就好。

比起她要不要自殺，自己會不會被罪惡感折磨比較重要。

我不是為了拯救少女，而是為了自己。

不是「阻止自殺」，正確來說是「妨礙自殺」。

我利用銜尾蛇銀錶將時光倒流回二十四小時之前，並立刻前往橋上。時間是下午三點多，還沒下雪之前。我一邊奔跑一邊祈禱著，希望少女還沒跳下橋。接下來要等三十六小時後才能再次讓時光倒流，若是她已經跳下橋，我便無計可施了。

寒風刺骨，我強忍著耳朵快被撕裂的痛楚，不停奔跑。

等橋映入眼簾後，我首先確認沙洲那裡，但因為有岩石遮擋視線，從遠處看不太清楚。我的視力也不算好，只能從橋上俯瞰確認。

憑藉著時光倒流前的記憶，來到少女跳橋墜地附近的正上方。

視野晃蕩、腳步不穩，上氣不接下氣地用雙手握住冰冷的欄杆，強迫自己調整凌亂的呼吸。

我探頭窺視正下方，祈禱著千萬別看見少女倒在下方。

並且想像了一下少女倒在血泊之中的場景，所幸只看見滿地的岩石。
放下心後，頓時全身無力，倚靠著欄杆癱坐在地。
「我幹嘛那麼拚命啊？」
我仰望著澄澈的藍天說道。如果她已經喪命，我會徹底死心，畢竟我只是來替自己找藉口的，所以就算落得這樣的結果我應該也無所謂。
坐著休息了一會兒後，我一邊眺望著河川，一邊等待少女前來。
等待時我原本靠在欄杆上玩手機，後來受不了寒冷，便收起手機，把手插進口袋。放在右邊口袋裡的銜尾蛇銀錶，如冰塊一樣冷冽。
在無車無人經過的情況下，過了下午五點後，天空開始飄起雪來。暮色蒼茫，橘色街燈點亮大橋。下起雪後，我才發現自己忘記帶傘，但因為下的只是小雪，沒帶傘也沒什麼大礙。
我將白色氣息吐向掌心後，看見有人從橋的另一端走來。
瞇起眼睛確認後，是一名少女。
竟然在這種時間一個人來，真是奇怪。以中學生來說，她的身高算是高了，但身上穿的白色大衣卻很孩子氣。
她肯定是那個自殺的少女。
走來的少女也沒有撐傘，所以即使天色昏暗也能看見她的容貌……不過，在我看見她的臉龐的瞬間，突然懷疑起自己的判斷。

——因為她長得非常漂亮。

黑色長髮與白皙肌膚呈現鮮明的對比，五官端整得即使從遠處望去也顯而易見。以一個中學生來說，她的長相略顯成熟，又散發出一股薄命的氣息，但她擁有能將此轉變成優點的虛幻之美。

這種女生有可能自殺嗎？

我的目光被走向這邊的少女吸引，如此心想。

原本以為單憑一眼就能看出那名自殺的少女是怎樣的人，肯定是表情陰暗、對自己感到自卑，從外表就能判斷出來。

可是，絲毫不見向這邊走來的少女有這類負面的要素。連用手撥掉髮絲上雪花的動作都十分優雅。我實在不認為這種宛如在富裕家庭成長的大家閨秀，竟然會選擇自殺。

——看起來跟自殺八竿子打不著關係。

這便是我對她的第一印象。

少女走到我附近，停下腳步，眺望景色片刻後，又返回來時路。在雪中長髮飄逸的她，背影如詩如畫。

之後又有幾人經過，但沒有一個疑似那位自殺的少女。晚上八點過後，雪勢轉強，我受不了寒冷，手腳失去知覺，疊穿的衣服也已經濕透，達不到禦寒的效果。

就這樣凍死也不足為奇。但就算是願意自殺的我，也不想因為試圖妨礙別人自殺，結果反過來凍死自己，死得這麼愚蠢。

而且，我滿腦子想的都是那個看起來與自殺毫無關係的女孩。

眺望景色時的她，看起來也好似在哭泣。或許是沾到臉頰的雪融化，才看似如此吧，但從她的側臉能感受到一股寂寞之情。

倘若她真的就是那名自殺的少女，那我繼續等下去也毫無意義。

俯瞰橋下，漆黑一片，什麼都看不見。路人會發現少女的遺體簡直接近奇蹟。少女已經不太可能在接下來自殺，還被路人發現，然後在數小時後登上電視新聞。

就算自殺的少女不是她，未來也確實產生了變化。

如同彩券的開獎號碼有所改變一樣，未來已經改變成少女沒有自殺的情景了吧。

而實際上我的預測確實無誤。

在我受不了寒冷回家後，新聞節目的內容已經跟時光倒流前有所不同，電視並沒有報導自殺的新聞，而是開始播放天氣預報，之後整個新聞節目便播放完畢。

不知基於什麼原因，但未來肯定改變了。

隔天，我查了查少女是否真的沒有自殺，因為也有可能只是沒有在那座橋，而是選擇其他場所自殺。

我仔細觀看新聞和上網搜尋，都沒有找到關於少女的報導。無論原因如何，未來已改變一事令我鬆了一口氣。

不過，接下來的日子我也一直在調查有沒有關於少女自殺的消息。

原本自殺的少女只是個普通的中學生，如果是藝人也就罷了，基本上新聞不會報導一般民眾自殺的消息。我想少女自殺的消息之所以會被報導出來，可能是因為牽扯到什麼事件或發生意外。

還有個人隱私的問題，何況日本一年有兩萬人以上自殺，根本不可能全都報導出來。也有日後會報導「經警方查明中學生是因為遭人霸凌而走上絕路」的消息，但那也只占了整體的極少部分。我擔心那名少女是否只是選擇了另一個場所自殺，只是還沒被報導出來，不久後才會上新聞。

我之所以繼續調查，還有其他理由。

那就是我猜測——

「那名少女一定還會再次自殺」。

如果意志堅定，未來還是會走向同樣的結局。

就好比說，我對穿衣並不講究，總是在出門時看到哪件就穿哪件。沒有「非穿這件衣服不可」的意思，而是穿上「偶然」挑中的衣服，因此時光倒流後也未必會選擇同樣的衣服。

這跟彩券的開獎號碼會改變是同樣的道理，類似重新開獎的情況。

反過來說，如果我對穿衣很講究，是那種會在前一天事先想好隔天要穿什麼衣服的人，那麼即使時光倒流後，也會選擇同樣的服裝吧。

這是理所當然的事。只要不是因為時光倒流而改變什麼事情的話，上班族依然會去公司上班，小孩依然會去學校上學。

未來會改變，只是碰巧罷了。

那麼少女沒有自殺，或許也是「碰巧」。

假設少女平常就在煩惱要不要自殺好了，就像我好幾年都不敢自殺一樣，少女也持續處於隨時自殺也不足為奇的狀態下，然後在聖誕節「一時興起」自殺。那麼當我將時光倒流後，她也很有可能因為「一時興起」而選擇不自殺。如果真是如此，只要問題不解決，遲早有一天她又會「偶然」自殺。

況且，我可不能就這樣到此結束。

我本來打算遇見少女後要開口向她搭話，不只要安慰她，還準備好解決霸凌的對策，提供最起碼的協助，好消除自己的罪惡感。

可是，我沒有遇見她。

這次的結果只是運氣好沒死成而已，並沒有解決霸凌的問題。

少女並未獲得救贖，而我也不敢硬說自己已經「盡力而為」。這對我和自殺的少女而言，都是最糟的結局。如果就此結束，那我寧可當初沒有將時光倒流。必須「妨礙」而不是「阻止」她自殺，這樣才有意義。固執的我，之後也一個勁地調查相關報導。

新年的一個星期後，不出所料，電視再次報導少女自殺的新聞。從報導內容再次使用的「從橋上」、「中學生少女」、「墜落死亡」等詞彙，我判斷是同一人物的可能性很高。

我這次決定先蒐集完情報後再將時光倒流。我到附近的派出所佯裝要提供情報說：「我昨天好像有在橋附近看見一個中學女生，但記不清是幾點看到的了。如果知道她穿什麼服裝或其他特徵，搞不好可以想起一些事情。」成功問出發現遺體的時間和服裝。

然後讓時光倒流，從下午就在橋上等待少女經過。最先發現遺體的民眾是在下午五點左右報警處理，我能透過少女有沒有在五點前來這座橋，判斷未來是否有改變。因為已事先蒐集好情報，我的心情比上次輕鬆許多。

下午四點過後，天色漸暗時，一名少女走了過來。

因為天色昏暗，從遠處難以確認她的長相，但能看見她身上穿的服裝與蒐集到的情報相符。

——肯定是那名自殺的少女。

朝我走來的，正是聖誕節那天看見的那名與自殺八竿子打不著關係的少女。

少女和上次一樣，走到附近停下腳步後，眺望著景色。因為上次看見她時，她穿的就跟我打聽來的情報一樣，所以我並未感到吃驚。

搞不好我就是想見到她，才連續好幾天一直調查這起自殺事件的吧。

當時看見她的側臉，就一直在我腦海中揮之不去。在那種時間獨自外出，也不撐傘，大概發生了什麼事了吧。就算她不是那名自殺的少女，我也應該開口關心她才對，我對此感到十分後悔。

我看著眺望景色的少女的側臉，不禁感到疑惑

——為什麼像她這樣的女生會自殺？

端整的面容、烏黑亮麗的長髮、白皙的肌膚、纖細的體格，從外表看不出任何負面的

要素。那麼，應該就是個性頑劣這類的內在問題囉？可是從她散發出的穩重氣息來判斷，實在難以想像個性會有多頑劣。

不過，再怎麼看起來一帆風順的人，也會有煩惱。

要是她因為容貌而招人嫉妒，也就不難理解了。

班上有這種同學，就算個性低調也會惹人注目吧？肯定一枝獨秀，應該也很受男生們喜歡，就算成為其他女生嫉妒的目標也不足為奇。實際上就有四個沒品的學生對她的死欣然自喜。如果問題不在於她本身，或許還有辦法解決。

而且無論她被霸凌的原因為何，不先向她攀談，還談什麼後續？

我走向少女，打算和她說話。

隨著距離拉近，原本從遠處看不清的細節，逐漸清晰可見。她的一頭黑色長直髮光澤亮麗，反射著光。露出大衣袖口的手腕纖細，雙腿也十分細長。皮膚白皙光滑，嘴唇透出淡淡的粉紅色。而且有著一雙水汪汪的大眼，和長長的睫毛。近距離一看，還殘留著一個中學生該有的稚氣。

明明沒有被瞪，卻全身僵硬。我本來就不太擅長跟別人說話，自從開始一個人生活後，就更沒有機會開口，我擔心沒辦法好好表達。

振作點，不過是跟小妹妹說個話，有什麼好緊張的？我握緊拳頭，硬逼自己開口：

「看妳悶悶不樂的，是遇到什麼討厭的事嗎？」

我開口向少女攀談後，她便環顧四周，指了指自己。突然有人跟她說話，她也感到很緊張吧。

「還有別人嗎？」我微笑說道，她頓了一會兒，才輕聲回答：「我沒事。」

「說沒事，才是最有事的吧。」

「……」

少女沉默不語，害怕似地後退幾步，看來是對我有所防備。突然有個比她年長的男人向她攀談，會做出這種反應也是理所當然的事。

「這麼冷的天還到這裡來，真是稀奇呢。」

「……」

我露出笨拙的笑容，找話題跟她聊天，試圖解除她的防備心，但她只是一語不發地點了點頭，沒有接話。不僅如此，還一步一步想要遠離我。

這樣下去也不是辦法，我決定開門見山，直接進入主題。

「好，讓我猜猜妳在煩惱什麼。」

少女沒有面向我，而是眺望著遠方的景色，但身體似乎抖動了一下。大概是內心瞬間產生動搖，又立刻裝作一副若無其事的樣子吧。

「妳在煩惱該不該從這裡跳下去，對吧？」

聽見這句話，少女才總算面向我。

佯裝鎮定的模樣已不知去向。從她的表情可窺見她的內心有驚訝、困惑、疑問、不解等各式各樣的感情在翻騰。

「不是嗎？」我向她確認後，她便輕輕點了點頭。
「妳之所以考慮要不要自殺，是因為遭到霸凌，這我也猜中了吧？」
我如此詢問後，少女便困惑地開口：
「你、你怎麼會知道？」
「不能告訴妳。」我用這句話，將她的問題敷衍過去。要是告訴她我能倒流時光，她肯定不會相信，還會以為我頭腦有問題，對我更加防備吧。
我反問她：「妳沒有找人商量嗎？比如父母或老師之類的。」結果她搖頭否定。
「沒有人……願意站在我這邊……」
少女抓著欄杆，發出泫然欲泣的聲音說道。
「這樣啊，妳找不到人商量，一個人忍耐到現在。」
對我而言，這不過是為了解除她的防備心而隨口說出的一句話。
然而，效果卻出乎意料地好。
我馬上就發現少女眼眶泛淚，一雙大眼淚光閃閃。相信她應該希望有人能幫助她吧。
我鬆了一口氣。如果她希望有人幫助自己，那麼還有救。這件事並不會止步於我的自我滿足，似乎還能圓滿解決。
照目前這個走向，我判斷應該能成功妨礙她自殺，便直接進行最終階段的戰略。
「我給妳一個建議吧。」
一切都按照我理想中的情況順利進行。因為自以為順利，才會不經大腦思考，出了餿主意，踏到她的地雷吧。

「說是建議，其實妳也不需要變得堅強。」

我如此說道，遞給少女一袋厚厚的信封。

「這是？」

少女詢問後，我如此回答：

「一百萬圓。」

「咦……」

她露出一副不明白我在說什麼的表情。於是，我對她說明這筆錢的用途。

「聽好了，妳用這筆錢收買班上的中心人物，跟對方搞好關係。這樣當妳被欺負的時候，對方可能會幫助妳。而且，班上的氣氛應該也會改變。但是千萬不要把錢交給那些欺負妳的人，那樣只會淪為待宰的肥羊。」

我是真心認為要解決霸凌，只有靠撒錢增加同伴這個方法。那四個人就算被老師或父母罵，也不會改過自新，先製造讓對方不敢造次的狀況才是解決之道。

不過，少女卻低下頭，沒有打算接過信封。

「別客氣，妳至今承受的痛苦值得收下這些錢。用剩的話，可以拿去買妳自己想要的東西。然後把被霸凌的事忘得一乾二淨，總有一天能夠笑談過去……」

我繼續說話鼓勵她，似乎不知道這些話會踩到她的地雷。

「……要。」

她發出細小的聲音，小到我差點沒聽見。

「嗯？」

我停止說話後，少女便嘴巴張大：

「我不需要！」

發出震耳欲聾的音量。

她的態度令我馬上就意識到自己惹怒了她，但因為我內心一陣慌亂，並未察覺到原因，結果還是不斷踩踏著她的地雷。

「妳就收下吧，用這些錢跟班上的同學……」

少女看見再次遞出的信封，淚水從眼眶撲簌簌地滑落。

「就算收下這筆錢！我承受過的痛苦也不可能當作沒發生過吧！」

少女揮開信封，信封從我的手中掉落。

紙鈔因為掉落的衝擊從信封中露了出來。

然後一陣風將露出的紙鈔吹向空中。

「喂！喂！」

我連忙撿回飄散在空中的無數一萬圓紙鈔；少女不予理會，用手背擦拭淚水，飛也似地跑走了。當我從欄杆探出身子抓鈔票時，風也持續在吹，信封中的紙鈔刹那間空空如也。

一萬圓紙鈔飄落到原本少女跳橋自殺的沙洲上，我望著少女逐漸變小的背影，在橋上呢喃：

「多可惜啊……」

結果，電視沒有播放自殺的新聞，播放的卻是「橋下散落幾十萬圓」這種我心裡有底的新聞，不過倒是成功妨礙了少女自殺。

真是可喜可賀……才怪。活了十八年（當時），第一次惹女孩子哭，而且是比我年幼的女生，沒想到竟然會讓我如此耿耿於懷，這股罪惡感是怎麼回事啊？

如今回想起來，也難怪她會生氣，這樣等於是拿錢叫她把過去痛苦不堪的經歷一筆勾銷。好不容易開口求助，卻換來絕望的心情。

要是她再次自殺，我不就等於是壓垮她的最後一根稻草嗎？

喂、喂，饒了我吧！情況比時光倒流前，甚至第一次妨礙她自殺時更糟糕了。要是變成我害她自殺就慘了，非常不妙。為了讓我剩餘的兩年過得心安理得，我必須消除心中的罪惡感，因此非得讓她活下去不可。

「只好一直妨礙她自殺，直到她放棄為止了。」

於是，我便開始過著妨礙尋死少女一之瀨月美自殺的日子。

第二章

宛如肥皂泡泡

シャボン玉のように

1

「盡量點，我請客。」

我看著家庭餐廳的菜單說道。

「不用，我要不吃東西，就這樣餓死。」

一之瀨賭氣地拒絕，肚子還一邊咕嚕咕嚕叫。

「妳不點的話，我就點兒童套餐囉。」

「別這樣。」

在我捨棄壽命後的第二次四月二十三日，星期四，天氣晴。

這一天，一之瀨進行了她第十五次自殺。

原本一直選擇從車站月臺跳軌的她，第一次改成從平交道跳軌自殺。往壞的方面來講，這算是值得紀念的日子……希望這是她第一次也是最後一次這麼做。

即便我回到過去，說服站在平交道前的一之瀨，她也只會回答：「我不要，我要在這裡自殺，再見。」根本不聽勸。我只好抓住她的手，試圖將她帶離平交道，但她卻像隻不想去動物醫院的寵物狗一樣，不肯離開平交道。當然，如果我用蠻力，輕易地就能將她拉離平交道。但是我不想硬拉她那宛如糖人般脆弱的纖細手臂。

無奈之下，我只好使出最終手段，一把公主抱將一之瀨抱起來猛衝。

在抱著她離開的途中，她大概懇求我放她下來懇求了二十八次，但我覺得放她下來的瞬間，她又會跑回鐵軌，所以不予理會。

她比我想像中還輕，手腳亂動掙扎得也比我想像中還劇烈。被她亂揮的手打到臉，還滿痛的。

在我抱她遠離平交道一段路程後，有放學的小學生指著她笑，她才滿臉通紅地投降，說她今天真的不會自殺，要我放她下來，我才照做。

然後走進眼前一間家庭餐廳，一坐到裡面有桌子的座位區，她便開口：

「我說啊，相葉先生，你要妨礙我自殺是可以啦……不對，不可以！但是千萬別再做出像今天這樣的行為了。」

看她難得急著教訓我的模樣，我笑著回答：「超引人注目的。」

「笑什麼笑啊？很丟臉耶！」

「得到這麼珍貴的體驗，不是很好嗎？連小學生都嚇到。」

「沒錯，連小學生都在看……我本來還想忘記的說！」

一之瀨趴在桌上，隱藏她面紅耳赤的模樣。

「我也很難為情好嗎？彼此彼此吧。」

「還敢說……你放我下來的時候在笑吧？」

在平日的白天抱著女中學生跑，實在太好笑了。

為什麼事實會變成這樣啊？

「總之，如果妳不想再被我公主抱的話，就放棄自殺吧！」

趴在桌上的她聲音虛弱地回答：「才不要。」

與一之瀨認識約四個月後，雖然她願意多跟我說話，但目前依然沒有放棄自殺的跡象。我除了妨礙她自殺以外，無計可施。

不過，像這樣對話變多也算有點進步了。剛認識她時，就算跟她說話，她也只會回一句「我不需要錢」就結束對話。我試圖取得她的信任，卻老是搞錯切入點，每次都自掘墳墓，想起來就苦澀。

就好比她自殺時大多穿著同樣的衣服。今天也穿著白色小可愛外搭白色開襟衫，穿著淡粉紅色的裙子。剛遇見她的寒冷時節，她一定穿著白色大衣。大概是喜歡以白色為基調的穿搭吧。事實上，這樣的穿搭也襯托出她美麗的黑色長髮，我覺得很適合她。

一之瀨會穿喜歡的服裝自殺，而我對服裝並不是那麼講究，所以覺得她這樣很有女人味，不過自己選擇壽衣這種女性魅力，未免也太獨特了。

我曾經因為沒發現她的用意，說出「我買新衣服給妳吧？妳老是穿同一件衣服，應該已經穿膩了吧？偶爾穿別件衣服也很不錯。」這種少根筋的話，惹她不開心。就算要花一百萬圓這部分也必須十分慎重才行，我為此深刻地反省。

跟當時比起來，她願意和我一起走進家庭餐廳已經是非常大的進步。我看著眼前鬧彆扭的她，如此安慰自己。

走進店裡過了十分鐘，我催促一之瀨：「我想點餐了，妳快點決定要吃什麼。」但她還是一樣肚子咕嚕咕嚕響著拒絕道：「我不吃。」

不過，在我喚來店員打算先點自己要吃的東西時，她卻連忙抬頭，用菜單遮住臉，大概是不想讓女服務生看見她狼狽的模樣吧。

所以，當我點了牛肉燴飯後問她：「妳還沒決定要吃什麼嗎？」她便有些尷尬地回答：「還沒決定。」想必是不敢在女服務生面前說出「我不吃」這種像耍賴皮的小孩般的話吧。

年輕的女服務生面帶微笑地告訴她：「慢慢看沒關係。」於是她便心不甘情不願地點了跟我同樣的餐點。

等女服務生離開後，她才氣呼呼地說道：「這是我最後一餐。」我一邊收拾菜單，一邊敷衍地回答：「是、是。」

自從我們一起行動的機會增加後，我發現她非常在意別人的眼光。

在意別人的眼光有很多種，像她就是恐懼或防備心很重。如果有與她同年齡的人群從眼前走過，她大多會躲在我的身後。大概是害怕遇到同學或欺負她的人吧。另外好像還因為常在平日早上出門遊蕩，也對警察或店員的視線很敏感。

她邊走邊戒備的身影，宛如在嚴酷的自然界生存的動物一樣，看起來活得很辛苦。她的長相本來就很吸引人的目光，因此能聯想到的也都是那種很醒目的動物，反正都看起來活得很辛苦。

對別人的視線戰戰兢兢的一之瀨，看得我心痛不已，令我最近對於延續她性命的這個狀況產生新的罪惡感。

簡直是本末倒置，無論哪個選擇，或許都無法從罪惡感中逃脫。

到底要怎麼做，才能拯救她？

我目不轉睛地盯著眺望窗外的一之瀨思考。從窗戶照進的陽光因她白皙的肌膚造成反射，有點刺眼。不久後便被她發現。

「我的臉上有沾到什麼東西嗎？」

「我在想要怎麼做，才能讓妳放棄自殺。」

一之瀨嘆息，模板式地回答：「就說我不會放棄自殺了。」

「如果霸凌妳的人不再欺負妳，向妳道歉的話，妳會放棄自殺嗎？」

一之瀨想都不想就搖頭否定。

「事到如今向我道歉也只是徒增我的困擾而已。」

一副自願自殺的豁達口氣。

「我不認為對方會向我道歉，如果一句『對不起』就能將過去的事一筆勾銷，那我不希望她們道歉。就這樣當受害者，心情還比較輕鬆，我不想再看見她們，也不想再想起她們的臉。」

我沉默不語。如果解決霸凌事件能讓她放棄自殺的話，我會不惜給霸凌者錢，讓她們道歉，或是使出各種手段逼她們道歉。

不過，一之瀨本人並不希望解決霸凌事件。

這也難怪。

就算對方道歉也於事無補。一句「對不起」就能解決的階段早就過了，只能說為時已晚。既然已經沒有圓滿解決的方法，那麼不想再見到對方的心情大過希望對方道歉，也是理所當然的事。

「讓兩位久等了。」

兩盤牛肉燴飯端上桌，她瞥了我一眼。我先開口催促「趁熱吃」後，她便拿起湯匙享用。

大概是比想像中燙吧，只見她一口下去後趕緊淚眼汪汪地把水含在口中，吃第二口時吹了好幾口氣，把飯吹涼後才送進嘴裡。看來她怕燙。

「妳有什麼未了的心願嗎？」

我吃著牛肉燴飯問道。

「你的意思是，如果我沒有什麼未了的心願，你就同意我自殺嗎？」

「為什麼會這麼解讀？我是在期待如果妳能去完成未了的心願，可能會考慮放棄自殺。所以到底有沒有？」

「怎麼可能有啊。」

她滿不在乎地直接否定，好歹也思考一下吧。

「我倒想問你為什麼要妨礙我？」

她朝湯匙吹氣，不屑地瞪視我。

「明知道有人要自殺，我怎麼能置之不理。」

「是我自己想死的，有什麼關係？」一之瀨一臉不滿地補上一句：「通常根本不會知道有誰會自殺吧。」

「怎麼沒關係，而且有沒有自殺的念頭，看臉就看得出來。」

我指著一群坐在附近談天說笑的歐巴桑，隨便猜測：「那些歐巴桑應該就不會自殺吧。」

「這我也看得出來好嗎。」她傻眼地回答。

「沒有人會觀察四周嗎？」

「沒有，就連我家人都覺得我在開玩笑。」

「覺得妳在開玩笑？」我開口詢問後，一之瀨便慌慌張張地輕輕揮手，試圖掩飾地說道：「剛才的話請當作沒聽到。」

「妳曾經向家人坦承想要自殺嗎？」

我無視於她的請求，繼續追究後，她便輕輕點頭。

「說是坦承，其實也只是嘀咕著『想死』而已。」

「那妳家人是什麼反應？」

一之瀨俯首搖頭。

「他們不喜歡我。」

「不喜歡妳？」

一之瀨欲言又止地告訴我她家人的事。

她說她上中學後不久，父親就因癌症過世，一年後母親再婚，現在和母親、繼父和兩名繼姊，一家五口過日子。

全家人都知道一之瀨在學校遭受霸凌，但她繼父非常嚴厲，秉持著無論發生什麼事都必須上學的教育理念。

想當然耳，幾乎每天都跟不想上學的一之瀨起爭執。對她又是辱罵，又是打頭，又是丟東西的，硬逼她去上學。為了逃避繼父，她每天一大早就離開家門，在外面打發時間到傍晚才回家。

兩個姊姊則看不慣一之瀨反抗父親的態度，對她冷嘲熱諷，嚴重的時候甚至會對她施暴。就連一開始還向著她的母親，後來也漸漸轉而支持繼父，如今只有她一個人被孤立在外。

對這樣的狀況感到疲憊的一之瀨不自覺地在家人面前說自己想死，可是沒有人同情她，繼父怒吼她：「想死現在就去死！」姊姊大罵她：「少裝作一副悲劇女主角的樣子！」而母親則是視而不見。

一之瀨說完與家人的關係後，低頭不語。我問她：

「妳之所以想自殺，是為了向家人證明『妳敢自殺』嗎？如果是的話，因為那些傢伙而走上絕路實在是太不值得了。」

「可能也有這個原因吧。」一之瀨先拋出這句話，接著說：

「主要是我已經筋疲力盡。在學校沒有朋友，在家裡又被父親辱罵、被姊姊看不起，母親也不管我的死活。不論是在家還是在學校都不得安寧，我想早點結束這種人生。」

然後她繼續說：「所以，相葉先生。」

「沒有人會因為我死而難過，反而有人會因此而感到開心。我自己也不想活了。既然沒有人會感到困擾，那就此結束我的人生也無所謂吧。」

我無言以對，感覺不管說什麼都只是在安慰。

也對，我這個捨棄壽命的人，當然說不出什麼能令她打消自殺念頭的話。

不過，我還是無法認同她自殺……

「不可以。」

短短三個字的開導，力道實在太過薄弱。想必對一之瀨來說，有沒有聽到都一樣吧。就連我自己也覺得很窩囊。普通人這種時候會說出什麼話呢？

——話說回來，為什麼對她這麼執著？

我至今已自問自答了無數次。就算對她懷抱著罪惡感，但有必要做到這種地步嗎？反正我兩年後就要死了。事到如今還管別人那麼多幹嘛，沒事找事做嗎？

不過，我還是會不禁想像。

如果沒有妨礙她自殺的話。

假如沒有將她公主抱到這裡，眼前的她會有什麼下場？

搞不好她白皙的肌膚會因為電車撞上時的衝擊而剝落，現在拿著湯匙的整隻手會被車輪輾斷，喜歡的衣服會染成鮮紅色，她會看著那一瞬間的自己而在痛苦之中死去。

交通事故經常使用「立即死亡」這個字眼，但實際上並非在一瞬間就死亡，終究是指在短時間內死亡。

跳軌自殺也是如此，就算被撞飛，也未必會在一瞬間死亡或斷氣，也有可能會在見證自己的身體被車輪輾斷的光景下死亡。

一想到這裡，我就難以說服自己「別在意一之瀨自殺這件事」，尤其在抱著姑且一試的心態跟她說上話後，更是如此。

若是向她表明跳軌自殺無法立即死亡的事實，她或許會重新考慮自殺一事。不過，用這種威脅的方式阻止她自殺也沒有意義。

結果，只能繼續思考其他阻止她自殺的方法。

在我思考的期間，一之瀨擺出平常那種不滿的表情沉默不語，每次與我四目相交就鼓起臉頰，直到用完餐之前都沒有再說話。

我在收銀機前拿出錢包打算結帳時，突然想起一件事。

「對了，這個給妳。」

我遞給一之瀨一張畫著小狗的電話卡。

以前我曾經給過她寫著我電話的紙條，她一直不肯收下。第一次拒絕接受，第二次撕掉紙條，第三次才終於願意收下。

我告訴她「想死或是遇到什麼事情的時候，打電話給我」，但她根本沒有手機，身上的零錢也不多。

我前幾天就準備好電話卡，放進錢包裡要給她，以便她隨時都能打公共電話給我。

「好可愛……不對，這是什麼？」

一之瀨目不轉睛地盯著電話卡上畫的小狗問道。

「妳該不會不知道電話卡吧？」

我對點頭回應的一之瀨感到了代溝。

「車站不是有公共電話嗎？把電話卡插進去，就能打電話了。如果發生什麼事的話，妳可以打我以前告訴妳的那支電話給我。」

「那張紙我已經丟掉了，因為我之前沒有辦法打電話。」

「我說妳啊……」我目瞪口呆，在收據背面寫下我的電話號碼遞給她。

「想死或是感到迷惘的時候隨時打給我，不論是大清早或三更半夜都可以。」

「我會在打電話給你之前就去死。」

「少廢話，給我收下。」

她不打算收下，我硬把收據塞給她後，當天原地解散。

「再見，再也不見。」

「下次見，回家小心喔。」

「我會粗心回家的。」

我看著她漸漸變小的背影，感到不安。

解決霸凌也沒有意義。

家家有本難念的經。

我不知道該如何是好，有辦法圓滿解決嗎？逃避人生的我再怎麼想也毫無頭緒。

不過，並非完全沒有進展。一之瀨竟然會輕而易舉地告訴我她家人的事，令我感到非常意外，剛遇見她時，她可是銅牆鐵壁呢。

她已慢慢卸下心防。

繼續妨礙下去，或許還會有所進展。

2

在我捨棄壽命後的第二次五月五日，星期二，天氣晴。

這天是一之瀨進行的第十六次自殺。

這次是從「老地方的那座橋」上，跳橋自殺。

我所謂的老地方，是指我高中時期經常去的那座橋，也是遇見死神的場所，以及她最初自殺的地方。這座橋雖大，卻沒有名字，所以我只好稱它為「老地方的那座橋」。

一之瀨不是從老地方跳橋自殺，就是跳軌自殺。就次數而言，跳橋自殺比較多，我已經非常清楚她會從哪個方向來了。

我像是約好在橋前碰面般地朝一之瀨揮揮手後，她便明顯地露出厭惡的表情，問候了一聲「你好」。

「我今天來告訴妳活著有多美好。」

「是嗎？再見。」

「等一下、等一下。」

一之瀨打算逃跑；我抓住她纖細的手臂制止她。

「妳今天也不想回家吧？」

「……是沒錯啦。」

「那就當作打發時間跟我走，要是不跟我走……」

「你又要公主抱我了吧。」

一之瀨死心般地說道。所謂的心心相印就是這麼一回事嗎？應該不是。

我前往離橋步行最近的車站。一之瀨跟在我身後不遠處，我想說是不是自己走得太快，但她似乎只是想躲在我身後罷了。

抵達最近的車站，搭上電車坐了幾站後下車。在站前的公車站搭乘接駁車約三十分鐘後，來到一間大型購物商場。

抵達購物商場的過程看似平順，實際上則是一之瀨趁我買車票時逃跑，在車站月臺兇我說她不會跳軌自殺，要我別抓著她的手，狀況百出，累死我了。

走進建築物，確認商場平面圖後，前往目的地。我來過這裡幾次，但廣大的停車場總是停滿車子，設施內也人山人海。

這一帶比我居住的地區更鄉下，沒有其他商業設施。因此有各種商店入駐的這間購物商場就成了當地居民的生活重心。

「到了。今天來這裡。」

「什麼到了，這裡不是電影院嗎？」
今天決定來購物商場內附設的電影院打發時間。
「來看人命逝去的電影，或許能了解生命的美好。」
我敘說這麼一段不知所云的話，其實只是一如往常地隨口說說而已。
中學、高中都過著獨行俠生活的我，用字遣詞很單調。所以才會選擇能輕易製造共同話題的電影院。
「原來如此，絕對不可能呢。」
她堅決否定，而我抓著她的手走進電影院。
「我沒帶錢喔。」
「放心好了，今天也是我請客。」
「請一個將死之人看電影，也只是浪費票錢而已。」
「既然是將死之人，就不需要客氣吧。」
走進電影院後，昏暗的大廳並列著售票處、周邊商品販售處與餐飲販賣部，設置在上方的大螢幕則播放著電影預告。
雖說是購物商場附設的，但依然保有電影院獨特的昏暗空間。平常我會去住家附近的大型電影院看電影，而不會專程來這裡。但今天帶著一之瀨，去當地的電影院很可能會遇見她的同班同學，她肯定不太樂意。所以我今天才選擇稍微遠一點的這間電影院。
不過，今天攜家帶眷的客人和年輕學生特別多。走在我身邊的一之瀨似乎也很在意四周的狀況。

我不解問道：「明明是平日，為什麼那麼多學生？」隨後便恍然大悟。

因為今天是兒童節。

自從得到銀錶後，我過日子只在乎今天星期幾，沒發現已經進入黃金週。

這間購物商場原本就是當地居民的好去處，黃金週假期一到，也難怪會人潮洶湧。對討厭人擠人的我和在意同齡人眼光的一之瀨來說，實在不樂見這種情況。

話說回來，竟然選在兒童節自殺。

我望著身旁乍看之下心思單純的一之瀨，如此思忖。

一之瀨察覺到我的視線後，像是在表達「有事嗎？」似地歪了歪頭，完全不把別人的憂慮放在心上。我對她嘆了一口氣後，她便有些生氣地說：「有話就直說！」妳也懂得察言觀色一下吧……

「雖然我說要看人命逝去的電影，但如果妳想看其他電影也行。」

「就算你這麼說，我也不知道現在有什麼電影在上映。」

「……妳好歹也關心一下自殺以外的事吧。」

我苦笑說道後，一之瀨的回答令人大失所望，她回應道：「不要強人所難好嗎？」

寫著上映時刻表的海報前擠滿了人，我拿起海報縮小版的傳單，鑽出人群來到外面。

我請一之瀨從傳單中挑選想看的電影。

我最先提議看的電影是，電視上宣傳到令人厭煩的戀愛電影。

主演是個帥哥，像一之瀨這種女孩，應該會喜歡戀愛電影，我基於這種膚淺的想法提議。我並沒有一定要看人命逝去的電影，但這部戀愛片的主角好像得了難治之症，從故事大綱預測主角的戀人將會死去，評價也不錯，我本來想說就決定看這部片了，但一之瀨的反應有點微妙。

「唔……我對戀愛這種感情不是很了解，要看這部嗎？」

一之瀨如果有去上學，就算有男友也不足為奇。這句話從她嘴裡說出來有點奇怪，另一方面又很符合她的個性。

我接著提議看的是一部描繪真實戰爭的電影。

何止是人命逝去，根本是屍橫遍野。我在腦海裡想像一之瀨看完後會改變想法並說出：「真的必須感謝我們出生在一個沒有戰爭的時代呢，我決定不再自殺了。」不行，我想像不出來。

她交抱著手臂，面有難色地說道：

「我不喜歡看血腥片……」

「妳這個總是在自殺的人還敢說！」我差點吐槽她，好不容易才忍住。

第三個提議要看的片是一部有點奇怪的電影，在講一隻獨角仙與牠的飼主女孩共度聖誕節的故事。

獨角仙這種夏天的生物是很難活到聖誕節的，看來是一部以生命無常為主題的電影。看完這部，她應該會稍微改變想法吧？

「我怕蟲，沒辦法。看其他部吧！」

獨角仙電影瞬間被否決，真是人生無常啊。

我接著提議看幽靈會出現的恐怖片。

與其說這是部人命將逝的電影，不如說已經死透了。不能告訴一之瀨，其實我只是單純想看她被嚇到的模樣。

「感覺很恐怖耶……」

「妳怕鬼嗎？」

「知道是虛構的就不怕，沒關係。」

「既然沒關係，那就看這部吧。」

「可是，如果真的拍到鬼，看得出來嗎……」

「妳這樣哪叫沒關係，根本怕得要命。」

之後我又提議看小朋友看的魔法少女動畫片，她又罵我別把她當成小孩看待，總之每部我提議的電影，她都反應平平。

最後以「接受度最高」為理由，決定看我一開始提議的那部難治之症戀愛電影。

我買了兩張票，在走回大廳中央等待的一之瀨身邊時，聽見一群年紀大概是高中生的男生們指著一之瀨說：「你不覺得那女生很可愛嗎？」「你去跟她搭訕啦！」當事人正在看播放電影預告的螢幕，似乎沒有發現的樣子。

在等待電影開播的期間，餐飲販賣處傳來一陣甜甜的香氣，應該是焦糖口味爆米花的味道吧。一之瀨好像也被香味吸引，望向同一個方向。

「想吃什麼東西嗎？」我詢問後，一之瀨便客氣地拒絕：「不用了。」不過，看見她以羨慕的眼神望著小朋友拿著的吉拿棒，我還是決定去排隊。

我買了吉拿棒和爆米花遞給她。一開始她還逞強地說：「不需要。」但我騙她說：「這是會員卡送的，我不吃。」於是她便回答：「真是拿你沒辦法。」面帶微笑地收下。

用雙手拿著吉拿棒吃的一之瀨，彷彿松鼠這類的可愛小動物。但要是告訴本人的話，我又要挨罵了，所以我沒有說出口。

一之瀨吃完吉拿棒後，時間差不多可以入場，我們便走向影廳，坐到自己的座位上。其他座位也幾乎填滿，說話聲此起彼落。

照明熄滅，開始播放預告，結果播放的是恐怖片的預告。我斜眼瞄了一眼坐在隔壁的一之瀨，發現她死命地閉著眼睛。哪裡不怕了啊……

而電影正片本身是典型的罕病故事。

女高中生主角與被宣判餘命只剩半年的青梅竹馬男友克服戀愛的種種難題。劇中女主角被其他男生告白，餘命不多的男友為了不耽誤女主角而提出分手，但最後女主角還是選擇將死的男友，陪伴他到臨終，故事在女主角堅決連他的份一起活下去的畫面中結束。

老實說，故事從頭到尾都跟我預料中的一樣，完全哭不出來。比起電影，輪流吃鹽味與焦糖味的爆米花時的加乘效果還讓我感動多了。

不過，電影演到一半以後，就陸陸續續聽見啜泣聲，其他觀眾好像很入戲的樣子。年輕女性也很多，看來我選錯片了。

實際上，就連說過「不是很了解戀愛這種情感」的一之瀨，最後也眼淚直流。順帶一提，播到吻戲時，她則是用手遮住畫面，一副坐立不安的模樣。

「妳有覺得活著真好嗎？」

我詢問電影播完後仍然吸著鼻子的一之瀨。

「……有一點。」

她用手帕擦拭著眼淚回答。

「那就好。那妳不會再自殺……」

「我還會。」

立刻回答。

「看完電影也沒有改變心意嗎？」

「那是當然。」

「我不會要求妳像電影裡演的那樣，但希望妳至少多一點求生欲。」

我語帶遺憾地說道後，一之瀨便鬧彆扭地回答：「現實跟電影是不一樣的。剛才那部電影是因為停在那個畫面才令人感動的。」

我還以為她鐵定會簡短地回應「不可能」，所以我無法馬上看穿她說這句話的意圖。

「況且，又沒有人支持我，希望我活下去。」

「那個人不就在妳眼前嗎？我希望妳活下去，妳死了我也會為妳難過。」

一之瀨一臉困惑地說道：「別說這種讓我不知道怎麼回答的話啦。」

我回答：「不用回答，直接喜極而泣就可以了。」

「因為謊言喜極而泣，我可沒那麼單純。」

「剛才還哭得淚眼汪汪的單純跑到哪裡去了？」

之後，我們在回程的公車和電車上討論電影的感想，我提議：「下次來看恐怖片吧。」

結果她強烈反對：「我絕對不要。」

「回家路上小心喔。」

「我會粗心回家的。」

我們一如往常鬥嘴道別後，我才終於明白一之瀨先前說的那句話有何意圖。

想必是把父親病逝的自己與失去男友的女主角重疊在一起了吧。

如同父親過世，母親再婚而失去容身之處的自己，失去重要戀人的女主角，她的未來也將一片黑暗。一之瀨認為這才是真正的結局。

的確，我也不認為那個女主角會有光明的未來在等待著她。

談過如此刻骨銘心的戀愛，還能尋找新的戀情嗎？

能找到比已逝的戀人更重要的人嗎？

看見戀人健在，幸福美滿的人，不會嫉妒嗎？

我的腦海裡只浮現女主角生活得很辛苦的模樣。

想討人喜歡卻無法如願的我，與見不到心愛戀人的女主角。

究竟誰比較不幸呢？

我之所以哭不出來，是因為認為他們的不幸只是場鬧劇。

並非因為那是虛構的故事。

他們很幸福。女主角沒有拋棄來日無多的男友，一直愛到他離世。即使有其他男人追求，依然選擇將死的男友。她有幸遇見值得自己如此付出的伴侶。

而男友能在戀人的陪伴下離世，也很幸福。這世上有人來不及道別，也有人尚未遇見重要之人便撒手人寰。

至少我走向生命終點時會很悲慘吧。因為我將在不被人知曉的情況下獨自死去。相較之下，他臨終之時實在是太幸福了。

我不認為他們是不幸的，反而對將膚淺的不幸編造成這種充滿價值的美談而感到不耐煩。

因為我沒有稱得上重要的人，所以無法完全理解失去重要之人的悲傷。比誰更不幸是很蠢愚的行為，但是我實在不想稱那樣的結局為不幸。

若是比他們幸福，我連捨棄壽命的藉口都將不被人認同。

不過，一之瀨的煩惱和他們有共通之處。

只要不解決她的問題，她或許就不會考慮放棄自殺。

我仰望著火紅的晚霞，深深嘆息。

3

「妳今天想去哪裡？」
「想去冥界。」
「這樣啊，妳想去遊樂場啊。」
「沒有一個字對的……」
在我捨棄壽命後的第二次五月十八日，星期一，天氣晴。
這天是一之瀨進行的第十七次自殺。
她今天也從老地方跳橋自殺。上次和這次她都沒有打電話給我，之前送她的電話卡似乎變成了擺設。
我一如往常地在橋前逮到一之瀨，在我依自己的想法解讀她的意思後，結果決定去遊樂場。
「我去遊樂場也不知道怎麼玩。」
微風吹拂，一之瀨的黑色長髮涼爽地隨風搖曳。
「妳平常不去遊樂場玩嗎？」
「小學時有去玩過幾次，但已經好幾年沒去了。」
我本來想說遊樂場是打發時間的最佳場所，但一之瀨身上沒錢，說了也無濟於事。

我實在不認為她的父母會給她零用錢。

忘記是什麼時候了，我在車站月臺阻止她自殺後，打算帶她去稍微遠一點的城鎮觀光，結果她說：「我錢不夠，沒辦法下車，所以我要自殺。」我說服她：「哪有人因為車費不夠就自殺的？」並幫她付了車錢。

沒有錢，能行動的範圍就有限。我以前也不想待在家，所以十分清楚憑學生的財力要打發時間也不容易。

現在是春天倒還好，夏天或冬天就必須費一番工夫。說到這裡，一之瀨是在聖誕節開始自殺，冬天她都在哪裡打發時間呢？

「妳不想待在家時，通常都會去哪裡？」

一之瀨沉思了數秒後回答：

「公園或是居家修繕中心。」

「居家修繕中心？是車站附近那一家嗎？」

我沒去過，但最近的車站附近有一家大型居家修繕中心。以她能夠行動的範圍來判斷的話，應該只有那裡。

「對。那裡的居家修繕中心有賣熱帶魚的商店進駐。」

「原來如此，妳平常都去那裡賞魚打發時間啊。」

我問她喜歡魚嗎？她面帶笑容回答：「嗯，很喜歡。」

「我喜歡魚，但那裡有超級可愛的六角恐龍喔。」

「六角恐龍？」

我詢問後，她便興高采烈地說起六角恐龍的優點。

不知道在想什麼的臉蛋、亂蓬蓬的粉紅外鰓，前腳有四根趾頭、後腳有五根，面向這邊時腦袋會撞到水槽牆壁的遲鈍部分……

熱情談論六角恐龍的一之瀨，臉頰泛紅、情緒亢奮。很少看見她這個樣子。

「其他還有鬃獅蜥這種蜥蜴喔。」

「原來妳喜歡六角恐龍這類奇怪的生物啊。」

不明白兩棲類和爬蟲類優點的我，只能冒出這句感想。

一之瀨鼓起嘴巴反駁：「才不是奇怪的生物。」

「你不也喜歡蛇嗎？」

「蛇？為什麼是蛇？」

「你隨身攜帶的懷錶，蓋子上刻的不就是蛇嗎？」

我這才恍然大悟。不過，那可不是普通的蛇。

「那不是蛇，是銜尾蛇。一種希臘神話中的生物。」

「銜尾蛇？」一之瀨歪頭表示疑惑。

從死神手上收下銀錶後，我曾經查詢過銜尾蛇的資料。

銜尾蛇是吞食自己尾巴，形成圓環狀的蛇或是龍。銀錶上只刻了一隻，不過我搜尋資料時也有看見兩隻互相吞食的圖案。

銜尾蛇似乎象徵著不老不死與永遠。

倘若真是如此的話，銜尾蛇銀錶可就名過其實了，最多只能將時光倒流二十四小時，使用一次得等三十六小時後才能再次使用。無論如何，時間都會流逝十二小時。這只銀錶要自稱象徵永遠的銜尾蛇還不夠資格。

不過，若是能永遠讓時光倒流的話，大多數的人都會用壽命交換吧。這樣就失去了交易的意義，這也無可奈何。

我只對一之瀨提起銜尾蛇的事，但她好像沒什麼興趣。

順帶一提，我在每次妨礙一之瀨自殺後，都帶著她去玩，就是為了爭取時間。

假設我在倒流時光後十小時的階段妨礙她自殺好了，那麼就得再等二十六小時後才能再次讓時光倒流。

如果她在這兩小時以內再次自殺的話會怎麼樣？

等銀錶的力量恢復時，已經距離她自殺超過二十四小時以上，再也沒辦法返回她自殺的時刻。

我必須看管她，直到這段無法返回的時段過去。

所以才要帶她去玩。

我們搭乘電車來到稍遠的車站，再從那裡步行前往遊樂場。

到達遊樂場入口後，一之瀨停下腳步。我問她怎麼了，她回答：「平日早上就待在遊樂場，不會……很奇怪嗎？」看來是怕被警察盤問的樣子。

「裝作一副若無其事的樣子就沒事，畏畏縮縮的反而遭人懷疑。」

「那麼有自信，你曾經蹺課跑來玩嗎？」

我回以肯定的答案，走進遊樂場後，一之瀨便目瞪口呆地說：「原來你以前是不良少年啊。」跟在我後頭。

我以前就經常去遊樂場或電影院，並不是因為有我想玩的遊戲或想看的電影，只要是能打發時間，短時間專注在某件事上，哪裡都好。

簡單來說，就是逃避現實。

我需要專注在某件事上，不去正視現實的時間。蹺課不去上學，平日早上就去人少的遊樂場或電影院打發時間。我也跟一之瀨一樣，與父母感情不和睦，沒有什麼零用錢。不過也因為他們看我不順眼，放任我不管，倒是有給我餐費。我就將用剩的錢東湊西湊，籌出錢來逃避現實。

所以能夠逃避現實的那天，對學生時期的我來說是特別的日子，也是我唯一的樂趣。多虧了銜尾蛇銀錶，我才能說去就去，雖說它不夠資格擁有銜尾蛇的稱號，但這只銀錶確實幫助我不少。

我們光顧的遊樂場是三層建築的老店。

一樓和二樓放置了夾娃娃機、格鬥遊戲、推幣機等各種機臺，光看這兩樓是非常普通的遊樂場，不過三樓卻是打擊練習場，很有獨特的氣息。平日白天客人不多，剛好符合我們的需求。

「妳有想玩什麼遊戲嗎？」

「沒有。」

我就知道她會這麼回答。一之瀨感覺就不怎麼會玩遊戲，跟我拍大頭貼也不好玩吧。但是，我熟悉的地方頂多只有這裡和電影院了，只好執行事先想好的計畫來應對。

「玩夾娃娃機如何？有想要的獎品，可以夾……」

「沒有。」

秒答。至少讓我把話說完吧。

「妳又還沒看，搞不好有妳想要的東西啊。」

「就算有，也只會被丟掉而已，所以不需要。」

「被丟掉？為什麼？」

一之瀨撇過頭，一副不怎麼想說地回答：

「會被我繼父丟掉。他說不去上學的人不需要這種玩意兒，把我的絨毛娃娃和玩具全都扔掉了。」

她的表情愈來愈陰沉。

看來我又搞砸了。雖然我早就知道她很討厭她的繼父，只是沒想到這麼嚴重。直到幾年前還是陌生人的人物，竟然隨便處理掉自己的東西，站在一之瀨的立場來看，她心裡一定很不平衡吧。

「那不要玩夾娃娃機，玩其他遊戲吧？」

一之瀨低著頭；我拉起她的手。其實我本來打算帶她玩夾娃娃機撐過兩個小時的，既然如此，也沒辦法。

我尋找一之瀨也能同樂的兩人遊戲。

最先看中的是經典的射擊遊戲，用槍擊退過來的殭屍。我選擇的是兩人合力通關的玩法。

「我在旁邊看你玩。」一之瀨拉開距離；我在她前方投入兩人份的硬幣，拿出兩把用電線連接機臺的槍，將其中一把塞給她並下令：「幫我殺。」

「你拿給我幹嘛？我又沒玩過……」

一之瀨不知所措地用各種角度觀察接過的槍。

而遊戲自顧自地開始了。

「咦？咦？我要怎麼辦？」

她發現遊戲開始後，連忙舉起槍。

「我也是第一次玩，不知道該怎麼辦。邊玩邊學吧！」

我這個建議有提跟沒提一樣。老實說，我以為一開始會有說明操作方法的畫面，結果沒有，我也很慌張。

起初殭屍很弱，第一次玩的我們也能輕易打倒。後來我們漸漸掌握操作方法，玩到一半都進行得很順利。我覺得啦。

直到我掛掉為止。

「抱歉，我死了。妳加油！」

「喂、喂！我一個人沒辦法啦！」

一個人人手不足，殭屍愈靠愈近。

打倒左邊的殭屍後，又立刻射擊右邊的殭屍。但是殭屍的距離愈縮愈短。

看見一之瀨匆匆將槍口朝向殭屍的模樣，我在旁邊笑了出來。

「別笑了，快幫我！」

她拚命地向我求救，我想繼續接著玩，卻發現百圓硬幣已經用完了。我告訴她我要去換零錢後，暫時離開了一下，卻在將千圓紙鈔放進兌幣機時聽見「不要過來！」的慘叫聲，為時已晚。

「都是你太慢了，我才死的！」

等我換完錢回來後，她咚咚地垂打我的肩膀，看來十分不甘心的樣子。

接著我決定玩射飛鏢，這個遊戲我玩過好幾次，經驗豐富。

一之瀨似乎沒有玩過，一開始我先讓她練習射飛鏢。

她以生硬的姿勢「欸！」的一聲用力射出的飛鏢，當然沒射中鏢靶，而是撞到牆壁後，一個藝術般的反彈，直接打到我的頭。我孩子氣地叫了一聲「好痛！」一之瀨便慌慌張張擔心地問我：「你、你還好嗎？」

我也不禁憂慮地心想：還談什麼比賽，她的射飛鏢技術才是問題吧。

最後選擇了 COUNT-UP 這種對戰規則，連新手玩家都一聽就懂。規則非常簡單，每一回合輪流各投三支飛鏢，八個回合結束後，得分高的玩家獲勝。只是單純瞄準分數高的地方，競爭積分而已。

若是我拿出真本事應戰，她肯定輸得很慘，所以我故意瞄準低分的地方。雖說我經驗豐富，卻也不到百發百中的地步，剛好可以練習準度，自得其樂。

一之瀨則是直接瞄準靶心的高分區域，但不論射多少次，命中的都是別的地方。

不過，她誤打誤撞射中幾次三倍環，得分三倍的地方，所以分數直線上升。

轉眼間就追上我，這樣下去，我會以懸殊的分數落敗。

我拿出真本事打算追上一之瀨，卻因為心急而射歪向右邊，我射出的飛鏢全像是被低分區吸引似地刺進鏢靶；而一之瀨那稱得上是新手好運的射飛鏢方式卻沒有中止的跡象。

結果遊戲結束時，我的分數還是沒有追上她，徹底慘敗。正常地比賽、正常地認輸、正常地感到不甘心。

而一之瀨則是舉起雙手開心地吶喊：「太好了！」

大概是真的很高興吧，她的情緒看起來比平常高漲。也許這才是她真正的個性。看見她歡欣鼓舞的模樣，我突然覺得勝敗根本一點都不重要了。

不過，當她開始得意忘形地說：「我搞不好有射飛鏢的才能。」「你有好好瞄準再射嗎？」我才忍不住回嘴：「妳少得意忘形囉。」我沒想到跟人比賽比輸會如此懊悔。

「反正我馬上就要死了，趁現在多得意忘形一下。」

一之瀨伸出兩根手指比出勝利姿勢，得意洋洋地笑著。怎麼看都是我輸得一敗塗地。

我沒有精力再比一盤還以顏色，便往設有打擊區的三樓移動。

我對打擊沒有自信，但想藉此發洩我射飛鏢輸了的鬱悶心情。

我也邀請一之瀨一起玩，但她好像害怕球飛來的景象，說她在後面看就好。

我的背後能感覺到她的視線，我可不想在年幼的女孩子面前出糗。我感受到一股莫名的壓力，球棒握得比平常還用力。

我專心擊打飛來的球。因為好久沒玩而有點擔心，好在揮棒落空的次數不多，球棒有擊中球，令我鬆了一口氣。不過，只是擊中而已，球飛得不遠，無法表現出我帥氣的一面。

「妳真的不打嗎？」

「球速那麼快，我打不到……啊！那個我應該可以玩。」

一之瀨指著一旁的棒球九宮格說道。

那是投球擊穿寫著一到九數字板的遊戲，一之瀨確實能玩。我給她百圓硬幣，這次換我在旁邊看她玩。

不過，從一之瀨的小手扔出的球，還沒打到板子就落地了。

不管扔幾次，球在快要打到板子前就滾落在地，每次她都一臉難為情地望向我，收到她求救的眼神，我只好半途代替她扔球。並成功擊穿一列數字板，得以洗刷些許玩打擊遊戲時的汙名。

之後我們繼續尋找一之瀨能玩的遊戲，玩桌上曲棍球或賽車遊戲這種兩人對戰的遊戲，令我覺得很新鮮。一之瀨看起來單純樂在其中的模樣，讓我在不知不覺間也熱中了起來。

雖然大部分的遊戲我都玩輸了。

玩了一會兒後，我像是逃離對戰遊戲般地移動到設有推幣機的樓層。我坐到隨處都有設置的推幣機前，將代幣投入左右各一個的投幣孔，推落機臺內的代幣。掉落的代幣堆積在中央的排出口，從那裡撿代幣再投入投幣孔，我默默地重複推代幣的行動。一之瀨有幾次想拿代幣卻抓到我的手，每次她都會縮回手，露出難為情的笑容。手上的代幣愈來愈少，時間在我們兩人祈求代幣掉落中流逝。

用剩下幾枚代幣撐的時間比想像中的久，等到代幣用光時已經傍晚。再待下去有可能真的會被警察盤問，所以我們決定玩到這裡就回家。

在前往車站的歸途，我想說一之瀨在看什麼，原來是可麗餅店。普普風設計的看板上寫著各種品項。

因為沒吃東西一直玩到現在，處於空腹狀態的關係，我像是被吸引似地走進可麗餅店，但我很少吃可麗餅，不知道要點哪一種口味。我本來想問一之瀨有什麼推薦的口味，結果她反過來問我同樣的問題。

當我們正在煩惱要點什麼時，一群打扮花俏的女高中生走來，一之瀨便躲到我身後。那群女高中生很快就決定好要點什麼，分別點了草莓、藍莓、焦糖、珍珠奶茶等各自喜歡的口味。

煩惱到最後，我們點了普通的巧克力鮮奶油。總覺得跟剛才的女高中生們相比，的確很符合不習慣光顧這種店的我們會點的口味。

女高中生或情侶在店門口談笑風生，一之瀨依然躲在我身後。我也覺得不自在，決定邊走邊吃。

「妳覺得什麼最好玩？」

我詢問大口吃著可麗餅的一之瀨。

「嗯……我都玩得很開心。」

「因為妳幾乎都贏啊。」

我如此說道後，她便得意洋洋地回答：「那是你太遜了。」

「我一定會贏回來的，妳給我記住。」

「不可能的，因為我就要死了。」

嘴巴沾著鮮奶油的尋死少女，今天也正常發揮。

「除非我贏過妳，否則我不會讓妳死的。」

我順便告訴她嘴巴沾了鮮奶油後，她便一邊擦嘴，一邊鬧彆扭地回答：「我不想有人因為這種理由而妨礙我自殺。」

「那什麼理由才好？」

「都不好。」

一之瀨調皮地笑道，嘴巴依然沾著鮮奶油。

這種地方倒是很像普通女孩呢。我遺憾地這麼想。

「回家路上小心喔。」

「我會粗心回家的。」

我將吃完的可麗餅包裝紙扔到垃圾桶，這天就此解散。

感覺今天的她情緒比平常高昂，也經常露出笑容。如果有一天她能放棄自殺，單純展露笑顏的話，該有多好。

和她分別後，我順道去了一趟附近的書店後才回家。我購買的是休閒娛樂相關的指南書。下次要帶她去哪裡玩呢？去哪裡她才會開心呢？

我思考著下次與她見面時的計畫，熬夜閱讀這本書。

4

「我今天明明選了其他車站……」

一之瀨被我抓住手臂，鬧彆扭地說道。

「妳也換點花招，別再跳軌自殺了吧。」

我抓住她的手臂，斥責她。

「那換什麼方式自殺才好呢？」

尋死少女今天也不見反省態度。

「我想想喔，再經過八十年就能長眠了。」

「那根本不叫自殺。」

在我捨棄壽命後的第二次六月一日，星期一，天氣晴。
這天，一之瀨進行她第十八次自殺。
她企圖在不同於以往的車站跳軌自殺，但依然被我逮個正著。
「跳軌自殺，不就可惜了妳那張可愛的臉。」
一之瀨連忙否定：「我才不可愛！」
看見她的反應，我建議她：「我看妳放棄自殺，改當偶像如何？」結果她又氣噗噗地回答：「別調侃我了。」
「今天去遠一點的地方吧！」
平日早晨、車站月臺、逮個正著的一之瀨，正是出遠門的絕佳機會。好在有事先閱讀指南書，目的地也已經決定好了。
「我沒錢喔。」
「今天的費用我全包了。」
「為什麼要對一個將死之人做到這種地步啊？」
「既然妳都快死了，還在意什麼？」
我們按慣例鬥完嘴後，便搭乘前往東京車站的電車。
通勤時段的電車內非常擁擠，幾乎沒有空隙。吊環全被上班族占領，要站穩十分費力。
當電車搖晃時，一之瀨就會抓住我的手臂。在眾多上班族中，她的手腳看起來無處安放。

每停一站，就會被人潮擠到裡面，與被擠的一之瀨緊貼在一起後，我聞到一股香甜的味道，無庸置疑是從她的髮絲散發出來的。如果是從隔壁粗獷的上班族身上散發出來的話，就有點恐怖了。

到達東京站時，我們兩人都像爬完山一樣筋疲力盡。

下車後便立刻坐到長椅上休息。我去自動販賣機買飲料，拿給一之瀨後，她爽快地接過並開來喝。若是平常她一定會拒絕：「反正我都要死了，不需要。」她會這麼老實地喝我請的飲料，表示已經累到懶得拒絕了吧。

接下來搭的電車，我想悠閒地坐下。當我用手機調查怎麼買對號座票時，一之瀨問我：

「我們今天要去哪裡？」我壞心眼地回答：「不告訴妳。」

我用售票機購買對號座票，轉搭常磐線。

我們搭乘的車廂是像新幹線那樣座位朝前並排的，沒有其他人搭乘。我讓一之瀨坐靠窗的座位，自己再坐靠走道的位子。

我打算把椅背往後調，稍微打個盹兒，卻怎麼也睡不著。坐在我旁邊的一之瀨一直在欣賞窗外的景色，映照在窗戶上的她的臉龐，看起來比平常還年幼。

「你沒在睡覺嗎？」

一之瀨發現我的視線後，似乎誤以為我在看窗外的景色，問我：「要換位子嗎？」

「我只是睡不著而已，而且我醒著會暈車。」

「相葉先生，你很容易暈車嗎？」

「嗯，我從小就一直為這個毛病煩惱。」
打從我懂事起，搭交通工具就容易頭暈不舒服，尤其不喜歡搭像新幹線或觀光巴士那種朝前排列的座椅。
「真沒想到，我還以為你壓根沒有煩惱呢。」
我不服氣地對有些吃驚的一之瀨抗議：「怎麼可能沒有啊。」
「搭巴士去教育旅行時超慘的，只記得我一直在暈車。」
「啊……我們班也有人搭巴士會暈車。」
「根本沒辦法好好觀光，還要我寫作文，無奈之下我只好仔細描寫我暈車的感想交出去。」
我苦笑著說道後，回想起當時的心情，突然一陣反胃。「說不定我會滿想看看那篇作文的。」一之瀨笑著說出在我傷口上撒鹽的話。我告訴她：「那種不堪回首的過去我早就丟掉了。」結果她嘆息道：「咦……好可惜喔。」
我丟掉的不只有作文，在我離開老家時把大部分生活中不需要用到的東西都丟了，房間也只留下最少的必需品。等我死後，相葉純這個人類存活過的痕跡，大概只會留在同年級學生的畢業紀念冊裡吧。
「要是不舒服別忍耐，直接跟我說，我會趁那段時間自殺的。」
「拜託妳不要。」
我們聊了一會兒天後，窗外的景色驟然改變，蔚藍的海洋映入眼簾。一之瀨做出像小孩子一樣的反應：「相葉先生，是大海耶！大海。」

十幾分鐘後，我們在目的地那站下車，我指著貼在牆壁上的海報：

「我們今天要去這裡。」

「水族館嗎？」

刊載著海豚等照片的水族館海報，是指南書上也有介紹的茨城縣知名水族館。

「妳不是說妳喜歡魚嗎？我想妳應該會想去水族館之類的地方。」

對一之瀨而言，熱帶魚店就像是小型的水族館，那麼帶她去真正的水族館，她應該會感到開心吧，我在閱讀指南書時這麼想。

我們從車站搭上前往水族館的公車。在車上，一之瀨晃動著雙腳，眺望窗外一大片海洋。

水族館建造在能將太平洋一覽無遺的海岸邊，比照片上看起來更大。也有人在建築物入口附近設置的海豚像前拍照。

「相葉先生，快點進去吧。」

一下公車，一之瀨便目光炯炯地對我招手催促：「快點、快點！」總是躲在我身後的她，竟然會走在前面，真是稀奇。我立刻便感受到帶她來水族館是對的。

館內也有帶小朋友來的家庭和情侶，但多虧是平日，人潮並不多。我在買入場券時一起購買了集章冊，我決定帶著她邊逛邊集章。

第一個參觀的區域是，聚集了棲息在水族館附近大海中的魚類區。

藍海世界的視野在巨大玻璃水槽中擴展開來，一大群沙丁魚、鯊魚或魟魚、海龜等各式各樣的海底生物悠游其中。

一之瀨將雙手貼在水槽上，朝游泳的魚兒投以熱烈的視線。望著她的背影，大概沒有人會懷疑她想要自殺吧。

「相葉先生、相葉先生，你看那裡，有魚坐在龜殼上。」

正如她所言，在我視線前方游泳的海龜龜殼上緊貼著一隻魚。附近的親子似乎也注意到了，開口：「海龜上面有小魚耶！」

一之瀨抬頭仰望，讚嘆道：「好漂亮。」

這次好像在看徜徉於上方的一大群沙丁魚。應該有好幾百……不，好幾千隻吧。燈光從上方照映下來，閃耀著銀色光輝的沙丁魚群如此夢幻。

「看到魚群，就想起小學的學藝會呢。」一之瀨仰望著說道。我問她：「學藝會？」

「我在學藝會上表演過以魚為主角的話劇。記得內容好像是……一群小魚快被一隻大魚吃掉，但小魚聚在一起，裝成比大魚體型還大的魚，反過來把大魚趕走。」

我記得小時候讀過類似的繪本。

「有那種故事的繪本呢。那妳演什麼角色？」

「一隻小魚，臺詞很少的群演。」

「就算是群演，也因為長得可愛而引人注目吧。」

「不用客套了。」

我看著沙丁魚群，突然心想：

既然有那麼多魚，應該也有被排擠的沙丁魚吧？

若是沒有嫉妒、霸凌這種事，我跟一之瀨生而為人，或許生而為沙丁魚還比較幸福呢。

一名女飼育員正好在水槽前回答小朋友的疑問，但我實在沒有勇氣提出「是否有被排擠的沙丁魚」這種問題。

我在巨大水槽附近找到印章蓋好後，移動到下一個區域。

看著指引地圖，接下來好像是以深海生物為主的區域。

昏暗的樓層展示著奇形怪狀的深海魚。也有許多讓人不知道該作何反應的深海魚，一之瀨和其他顧客也都露出不可思議的表情觀賞。在展示皇帶魚的剝製標本前，可以聽見「好長啊！」「原來有這種東西喔。」這類零零星星的對話。

燈光昏暗，一之瀨將臉湊近水槽，突然「呀！」地發出輕聲尖叫，並顫抖了一下，好像是因看見大王具足蟲嚇了一跳。看在討厭蟲子的她的眼裡，只覺得像巨大的西瓜蟲吧。

一之瀨一副難為情地逃之夭夭，我連忙追在她後頭。

這個區域也有展示水母，水母飄呀飄地游來游去。閃爍著光線的水母，還以為是塞了燈炮的人造物呢，真是令人吃驚。

一之瀨看著水母，呢喃道：「好想養養看喔。」

聽說水母不好養，容易死掉。我正想說很難養時，她再次嘀咕：

「不過我馬上就要死了，不能養。」

別比水母早死啊！

逛了一圈深海區後，我們前往展示大型魚類的區域。一之瀨走在前方，她的裙子擺動的幅度比平常還大。

有一隻輪廓巨大的魚類悠然自得地在水槽裡游來游去，怎麼看都像是鯊魚。不知是原本種類就如此大型，還是人為飼養下造成的，看起來圓滾滾的。

「要是這個水槽破掉就糟了呢。」

當我說出這種每個人都可能擔憂的問題後，一之瀨笑道：「我可不想被鯊魚吃掉。」既然不想被鯊魚吃掉，那妳也別再跳橋或跳軌自殺了好嗎？

附近的水槽也有展示翻車魚，一之瀨興致勃勃地望著牠。記得翻車魚的形象挺可愛的，仔細一看其實長得怪噁心的。不論是翻車魚還是六角恐龍，一之瀨或許喜歡這種不知道在想什麼的生物。即使後到的遊客已經移動到下一個水槽，一之瀨依然緊盯著翻車魚不放。

等我蒐集到第三個印章時，已經下午了。我們決定先回到有美食街的入口附近吃午餐。菜單上有很多海鮮蓋飯或壽司這類的海鮮品項，我點了放有紅肉和中腹肉的鮪魚蓋飯、螃蟹湯；一之瀨則點了放有竹莢魚和白子（魚的精囊）的前濱蓋飯，以及章魚形狀的章魚燒。

室內的座位也很空，不過我們選擇坐在人更少的露臺座位。從露臺座位可以將太平洋一覽無遺，還能聽見海浪聲。一之瀨的髮絲隨風飄揚，她因此撥了好幾次頭髮。因為就在海邊的關係，海產非常新鮮，跟平常吃到的海鮮蓋飯截然不同，十分美味。

「我第一次吃到這麼好吃的竹莢魚。」

一之瀨目瞪口呆地說道，於是我騙她：「那是當然，因為是把展示的魚現撈現宰的啊。」沒想到她竟然相信了，大受打擊地回答：「竟然是展示的魚啊……」怎麼可能是嘛……大概吧！

飯後休息時，我發現一之瀨的視線望向一組攜家帶眷的客人。

那是一對父母帶著小女孩的一家三口正在露臺座位用餐。一之瀨好像是在看那名小女孩手上拿著的海豚玩偶。

我半開玩笑地對死盯著不放的她說道：「妳想要玩偶的話，我買給妳。」

「那跟我小時候很珍惜的玩偶一模一樣，我才看的。」

她如此說道，露出似乎在表達她並不想要的笑容。

「原來妳也會珍惜玩偶喔。」

「因為那是我爸爸買給我的。」

一之瀨凝視著海豚玩偶說道。

「我上幼稚園的時候，我們一家去了水族館。回家時爸爸買了像那個小女孩手上的海豚玩偶給我。我去哪裡都帶著它，長大後也擺在房間當裝飾。」

說起玩偶的她，似乎回想起當時的事。

「那個玩偶該不會也被妳繼父扔掉了吧？」

我如此詢問後，她便緩緩點頭。

「繼父以我不去上學這件事為理由，把它丟掉了。不只玩偶，還有我房間裡的所有東西。我當然有抗議，但他堅持除非我去上學，否則會把我的東西全部丟掉，根本不聽我的話。」

她低著頭有些自嘲似地說道；我卻不知道該說什麼安慰她。

聽見女孩的笑聲後，一之瀨再次望向那一家三口。

爸爸做出誇張的表情逗小女孩發笑，媽媽看著兩人也跟著微笑起來。典型的幸福家庭，就是那種家庭吧。

一之瀨望著眼前光景的姿態，好像在看著以前的自己。

而我小時候一直待在育幼院，我一出生就被拋棄了。

我這個棄嬰不知道父母的長相，每次去同學家玩或是看見感情融洽的家族都很羨慕。

我求之不得的東西，本來是能無條件得到的。看見他們不用渴求就能得到，還視為理所當然的模樣，令我妒火中燒。

我無法饒恕這樣的現實生活。

這就像是詛咒，光是看見陌生的家庭就感到嫉妒，受自卑感折磨。

一之瀨應該也是同樣的心情吧。眼前的一家人跟她的家庭是天差地別，即使放棄自殺，詛咒也不會消失。

是否該說些什麼體貼的話來緩和詛咒？

我思考著要講些什麼樣的話，卻始終想不出來，反而是一之瀨先開口：

「已經這麼晚了，接下來要不要去看企鵝？」

一之瀨拿起吃完的餐具，站了起來。結果我還是沒想到什麼體貼的話，只能跟在看著導覽地圖走路的她的身後。

玻璃窗前面聚集了人潮，看見企鵝搖搖晃晃走路的姿態，真是療癒。一之瀨也發出雀躍的聲音，直誇「可愛」。

走下樓梯可以觀察水槽內的狀態，能看見在水中輕快游泳的企鵝身影，那模樣彷彿在水中飛翔。

看完附近展示的海獺和海豹後，我們接著去接觸區摸海星，在集滿印章的同時也逛完水族館一圈。

「妳還有其他想逛的地方嗎？」

「我想看海豚和海獅秀，一起去看吧！」

正好表演秀就快要開始了，於是我們急忙前往會場，現場已經大排長龍，最後總算找到後面的位子。

會場內音樂響起，表演秀開始了。主角海豚登場後，時而旋轉跳躍，時而讓訓練員坐在背上游泳，展現出各種花招。

如果跳躍力道猛烈的話，還會濺起水花，可以聽見前排的人傳來「呀！呀！」的歡呼尖叫聲。跳起的海豚會去頂位於高處的球，海獅則會靈巧地用臉接球，每當牠們展現什麼才藝時，現場就會響起熱烈的掌聲。

「哇啊！好厲害喔！」

坐在我旁邊的一之瀨開心地拍著手。比起看秀，我更在意露出平常不曾展露的笑容的她，總是不自覺地將視線停留在她身上。

表演秀在海豚與海獅親吻下結束，會場充滿掌聲。

回去時，因為集滿印章而得到一個畫著海豚圖案的大徽章紀念品，我把它送給一之瀨，這個大小的話應該不會被她繼父發現。

走出水族館後，在等待公車來臨的空檔，我們決定沿著海岸散步。

「不知道那群沙丁魚有幾隻呢？」「翻車魚好可愛喔。」「會發光的水母真漂亮。」「海豚海獅秀真精采呢！」一之瀨沿著海岸開心地邊走邊說，不知為何，連我也跟著開心起來。

「其實我很久之前就一直想看海豚秀了。」

「妳之前來的時候沒看嗎？」

「沒有看到最後。本來為了近距離觀看而坐在前排的位子，但當時年紀還小，被飛來的水花嚇一跳……」

一之瀨雖然感到難為情，提到這個回憶時還是很開心。

「結果嚎啕大哭，為了不打擾到周圍的人，看到一半就離開會場了。後來爸爸才買海豚玩偶安慰無法看完秀的我。從那之後我就一直想著總有一天要再去看一次。」

若是我沒有妨礙她自殺的話，她所謂的「總有一天」將永遠不會到來。我心想：既然有想去的地方，幹嘛不一開始就說出來？

「這樣啊，那不枉我們跑這麼遠呢。」

我如此說道後，一之瀨便露出滿面笑容。

「相葉先生，今天謝謝你了。」

笑得十分幸福的她，是這些日子以來最閃耀的模樣。露出潔白的牙齒，笑起來天真無邪，看起來就只是個符合她這個年紀的女孩，這一瞬間令我忘記她是那個想要尋死的少女。結果她馬上把頭轉回去，只能看見她那片刻的表情，著實令我覺得遺憾。

「妳玩得開心就好。」

我勾起嘴角微笑，小心不讓走在前頭的她發現。

回程也買了對號座票，坐著回家。我首先放倒座椅躺下，而一之瀨則是瀏覽變得縐巴巴的水族館導覽圖和集章冊，時而拿起海豚徽章欣賞。

我原本看著欣賞戰利品半晌的她，卻好像在不知不覺間睡著了。她似乎也累了，等我醒來時，發現她也在旁邊睡著了。

閉眼的她，睫毛形成影子，她的睡臉美麗漂亮、毫無防備。每種生物睡著時都毫無防備，但與平常在意別人視線的她反差太大，感覺一直看下去也不會膩。

我小心翼翼地為她披上她原本穿著的開襟衫，避免吵醒睡得正香甜的她。

「回家路上小心喔。」

「我今天會小心回家的。」

「不只今天，每天都要小心啦。」

我們在最近的車站解散，我目送一之瀨的背影離去後才回家。

回到公寓搭乘電梯時，正好和住在其他樓層的一家子搭同一班。爸爸拿著大型的購物袋，媽媽則是握著笑咪咪的小女孩的手。
若是平常看見這種幸福家庭，我通常會湧起負面情感。
然而直到那一家子離開電梯後，負面情感並沒有出現。
「相葉先生，今天謝謝你了。」
看見小女孩的笑容，我突然想起一之瀨最後展露的那個笑容。
我還以為我這輩子不會再聽見有人跟我道謝了。
原本認為我的人生毫無意義，如今或許多多少少存在著一點價值了。

5

在我捨棄壽命後的第二次六月二十五日，星期四，天氣晴。
這一天，一之瀨進行她第十九次自殺。
離上次自殺經過三個星期以上。
這還是一之瀨第一次這麼久沒有自殺。如果是不久前，我還會積極地認為「自殺的頻率減少了」。
不過，我無法坦率地感到欣喜。
老實說，我反而十分震驚，在水族館歸途展露天真笑容，那樣開心的她，竟然再度自殺。
以往我也並非毫無感覺，可是這次心情特別失落。最近跟一之瀨相處得不錯，感覺關係有變熟，她卻沒有向我求助，讓我對自己的無能為力感到憤慨。

而且累積了不少疲勞，這一星期以來我幾乎沒閉眼，因為我一直在查詢新聞和網路。一方面期待一之瀨沒有自殺，又忍不住懷疑她怎麼可能過了三個星期還沒自殺。

平常我會隔三小時查詢網路新聞或鐵路訊息。之所以頻繁地查詢，是因為必須早一秒知道她自殺的消息，讓時光倒流。

如果沒有在她自殺後二十四小時以內回到過去，便覆水難收。還必須考慮我搶先到達自殺現場的時間與蒐集自殺現場資料的時間，做好準備回到過去，也能縮短監視一之瀨時銀錶暫停的時間。

因此，邂逅一之瀨後，我的生活節奏產生巨大的變化。

老實說，這樣的生活很疲憊，即使仔細確認，也會疑神疑鬼懷疑自己是不是看漏了新聞而一直調查下去。必須每隔三小時就起來一次，所以無法睡得安穩。

何況，無論我再怎麼注意，要是報導太慢或根本沒有被報導出來的話，就沒戲唱了。如果一之瀨在家自殺的話，會被報導出來嗎？恐怕不會吧。之前都只是奇蹟般地正好都有搭上線。

否則一之瀨人生結束的那天，我可能根本沒有發現就這樣過去了。

所以等待的時間令我十分惶恐。

去完水族館兩個星期後依舊沒有新聞報導時，我的內心便湧起一陣不安，擔心「是否漏看了報導」或是「其實只是沒有上新聞，早就已經自殺了」。

於是不知不覺間就變成每隔兩小時查詢新聞，應該說，就是我失眠睡不著。即便躺在床上也心心念念著：「會不會幾分鐘後就上新聞了？」「有沒有忘記設鬧鐘？」無法放下手機。儘管之後便開始昏昏欲睡，在不知不覺間進入夢鄉，但在夢裡也繼續在搜尋新聞，根本無法消除疲勞。

持續這樣的生活一個多星期後，終於看見有人自殺的報導。

一名女中學生從車站月臺跳軌自殺，因為是一之瀨經常跳軌自殺的那個車站，所以即使報導中沒有提及名字，我也知道是她。

找到自殺報導時，我對倒流時光還來得及一事感到安心，同時也對她自殺一事感到失望。這已經是她第十九次自殺，我卻仍然不習慣，反而害怕她死掉。

我之所以妨礙她自殺是為了替自己找藉口，消除罪惡感。盡己所能卻仍然阻止不了的話，也無可奈何吧。反正阻止她自殺，我的人生也不會有任何改變。罪惡感什麼的，不要在意就好。

我不斷說服自己，以便隨時接受她的死亡。這也是我死前的消遣，並非真心在妨礙她自殺。

所以，就算無法妨礙她自殺，我也不會大受打擊。

——理應是如此才對。

我倒流時光，坐在月臺的長椅上。

平常我會一邊滑手機一邊等她，但今天沒有那個心情。

我在想自己要用什麼樣的表情向一之瀨攀談，又要如何對待她。不能按照以往的方式，效果有限，必須事先想好對策。

我的大腦運作著，但是周圍的人談笑風生所形成的噪音，攪亂了我的思緒。誰都沒想到接下來會有一名少女跳軌自殺，讓我覺得自己一個人拚命思考的舉動真遜。

在這段期間，疑似使她喪命的那班電車顯示在發車資訊板上。

然而，卻不見一之瀨的身影。

通常我會裝作情報提供者，確認她跳軌自殺的月臺與位置後再讓時光倒流。不過這次因為身心俱疲的關係，我沒有好好調查她跳軌時的位置就回到過去了。她以往都選擇在月臺的最後方跳軌自殺，我猜這次應該也是一樣吧。

前一班電車駛離月臺後，一之瀨依然沒有現身。我從口袋拿出手機確認時間，平常這時間她早就該來了。

萬一她跳軌的位置不是月臺的最後方，就必須找到她才行。

焦慮得蒼白無血色的我，從長椅上站起來。

在月臺上徘徊，一個人一個人確認，避免與她擦身而過。

儘管內心焦急，腳步還是不慌不忙地快步行走，不過看見列車資訊看板上顯示「電車即將進站，請勿靠近月臺邊」後，我的步伐開始加大。

即使沐浴在周圍人的視線中，我仍然不斷奔跑。無論如何必須在電車駛進月臺前找到她才行。

就在我的焦慮達到顛峰的瞬間——
一之瀨經過我的眼前。
我立刻回頭望向後方，確認她的長相後，立刻抓住她的手臂。
「妳啊……讓我擔心死了。」
我嘆了一大口氣說道後，一之瀨便回過頭。
看見她的表情，我一時語塞。
因為她——哭過。
雙眼通紅、臉頰濕潤。她顫抖著雙唇甩開我的手。
她一語不發打算離開；我再次抓住她的手。
「妳還好嗎？發生什麼事了？」
她低下頭遮掩住臉龐，以顫抖的聲音回答：「我沒事。」
電車駛進月臺產生風壓，她一閉上眼，眼淚便潸然落下。她那頭黑色長髮隨風飛舞飄向後方，露出泛紅的耳朵。
「……放開我。」
我一點一點放鬆手的力道後，她的手臂便從我的手中溜走。
她緊咬雙唇，默默無語地邁開腳步。
我不知道該跟她說什麼，只能追在啜泣時抽動著身體的她的身後。
走出驗票口後，她雖然時不時會回頭確認我有沒有跟上，但仍然一語不發。所以我也稍微拉開距離守護她，繼續走在她身後。

一之瀨前往的地方是鄰接住宅區的公園。

附近還有另一個公園，小朋友踢足球、玩遊樂設施的歡樂聲，甚至傳到這邊的公園。不過，我們目前所在的公園空無一人。

雜草叢生的公園裡孤零零地擺放著油漆剝落的溜滑梯與生鏽的鞦韆。男女共用的廁所外牆已變成鼠灰色，小便斗就設置在入口看得見的位置。

我想根本沒有人會特地跑來這座公園。

所以一之瀨才選擇這座公園吧。

一之瀨走進只有一間的廁所隔間，我在不遠處等待她出來。然而過了三十分鐘她依然待在裡面。

我走到廁所前確認她的安危，結果卻聽見她啜泣的聲音。

我看著被雜草覆蓋的長椅心想：看來她還要一段時間才會出來。我背對廁所，繼續傾聽她的啜泣聲。對面的公園傳來孩子們活潑的喧鬧聲，不和諧的聲音擾亂我的思緒，我自顧自地將放在口袋的遊樂園入場券捏爛。

在車站月臺抓住一之瀨的手臂時，我看見她手臂上有瘀青，大概是跟家人吵架，被打了吧。

我好想在公園的正中央呼喊：別多管閒事了。

最近一之瀨的表情明顯比以前更加開朗，自殺的頻率也減少了。她已經三個星期沒有自殺。

然而卻因為照理說應該要支持自己的家人，害她決定再次尋死。

不可饒恕！你們將她逼上絕路幹嘛？要是你們好好理解她、支持她，她搞不好會重新考慮不要自殺。

都是霸凌她的那些人和不理解她的家人害的。

我如此告訴自己。

不過，我也是導致這個狀況的原因之一。

要是我沒有妨礙她自殺的話，她就不會挨揍，也不會關在這種骯髒的廁所哭泣了。

將她逼上絕路的，會不會其實是我？

我看著遠處公園一隅的烏鴉，想起小時候的事。

剛上小學不久，我曾在放學後撿到一隻烏鴉雛鳥。

看見蹲在地面的雛鳥，我以為牠跟父母親走散了。我判斷與其放任牠在汽車或自行車會通過的路邊，不如把牠帶回家比較安全，便帶著雛鳥回家，放進家裡的籠子裡。

隔天，我將裝有雛鳥的籠子放到庭院後，便去上學了。我想說放在庭院，尋找小孩的父母應該會發現牠吧。

放學回家後，我看見裝著雛鳥的籠子翻倒在地，也找不到雛鳥的蹤影。當時的我看著翻倒的籠子，將這個狀況理解為：「搞不好是牠父母親發現牠，帶牠一起回去鳥巢了。」

然而，現在的我已不認為牠當時有回到父母身邊。

因為烏鴉有個習性，會拋棄沒有成長希望的雛鳥。也就是說，那隻雛鳥很有可能被父母親拋棄了，跟我這個棄嬰一樣。

而且，我也不認為鳥媽媽鳥爸爸會把沾上人類氣息的雛鳥帶回鳥巢。從籠子翻倒這個狀況來判斷的話，那隻雛鳥應該是被其他鳥類或野貓攻擊，吃掉了吧。

然而當時的我卻堅信牠是回到父母身邊而欣喜不已。明明救不救牠結果都一樣，我卻因為做了無意義的事情而感到歡欣。

跟現在妨礙一之瀨自殺是同一個道理。

自從她開始展露笑顏，我就得意洋洋地認為自己多少幫上了一點忙，結果關鍵時刻她卻沒有向我求救，我到底有多自以為是？

也許一直妨礙她自殺，結果也不會改變。既然如此，我不惜勞神費力地妨礙她，有意義嗎？難道不是利用她來自我滿足，不斷折磨她嗎？

我好害怕。害怕對一之瀨見死不救；害怕對自己的選擇負責。

明明無論她的下場如何，我的人生都不會有任何改變的說。

等待了將近兩小時後，後方才響起「喀嚓」一聲。

「……你還在啊？」

一之瀨挪開視線，試圖遮掩她紅腫的雙眼。

「妳肚子餓了吧？要去吃東西嗎？」

我佯裝平靜，以平常的口吻詢問道。

不過，她大幅度地搖搖頭，輕聲回答：「我今天要回家了。」我也簡短地回覆：「這樣啊。」之後便再也擠不出一句話。

我在橋的不遠處與她分別後，獨自走進附近的家庭餐廳。

我連泡泡麵的力氣都沒有。坐到角落的一張雙人桌的沙發後，我點了牛肉燴飯。平常三兩下就吃得一乾二淨的牛肉燴飯，今天看起來量特別多。

當我拿起水杯喝水，打算飯後休息片刻再回家時——

「好久不見。」

看見如此向我寒暄的人物，我嚇得嗆到。

因為在我眼前的，是死神。

穿得一身黑、不健康的蒼白肌膚、一頭銀髮。除了手上拿著咖啡以外，外表和服裝都跟我遇見她時一模一樣。

在我嗆得直咳嗽的時候，死神坐到我眼前的椅子上。

「沒想到會再和你見面。」

自從收下銀錶的那天起，我就不曾見過死神。我們沒有交換聯絡方式，還以為再也不會見面，所以我大吃一驚。當然，我只是吃驚，並非想見到她。

「今天我是來給你忠告的。」

死神如此說道，發出聲音喝咖啡。

我心想：她所謂的忠告是指什麼？今天是與死神交易後的第二次六月二十五日，也是餘命三年的一半，她是特地來告訴我，我的壽命只剩一年半嗎？

當我思考著這種事的時候，她否定道：「不是的。」我在心中抗議：別隨便讀取別人的心啦。

死神看著我的眼睛說：

「你這樣下去會後悔喔。」

「後悔？什麼意思？」

「我的意思是，如果你繼續與那名少女，一之瀨月美牽扯下去的話，一定會後悔放棄壽命。」

她的語氣十分堅定，與當初看穿我想自殺時一樣。

如果我繼續妨礙一之瀨自殺，會後悔捨棄壽命？

我不明白她所言何意。

不過，死神的表情不像在開玩笑。光是讀取人心就能預測未來嗎？她都能讀取人心，交換能讓時光倒流的懷錶了，就算能預知未來也不足為奇吧。

不對，無論是前者還是後者都未可知。

因為我絕對不可能會後悔捨棄壽命。

「可以收拾您的餐盤嗎？」

當女服務生回收吃完的餐盤時，我也一直盯著死神。等女服務生一離開，死神便矯揉造作地嘆了一口氣，一副嫌麻煩地說道：「你似乎還沒有理解呢！」

「你算是已經自殺了喔。結果你又去妨礙別人自殺，這樣不是很奇怪嗎？等於是在說好死不如賴活著。你煩惱到最後選擇了自殺，你是打算重蹈覆轍嗎？」

「妳的意思是，如果我繼續說服一之瀨，我也會因此產生活下去的欲望，而感到後悔嗎？」

死神點頭，「是的。」我對此嗤之以鼻，「不可能。」

「妳說妨礙別人自殺很奇怪，其實一點都不奇怪吧。妳既然能讀取人心，那麼不用我說也知道，應該有許多人像我一樣，想在最後幫助別人再死吧。」

在得到銀錶之前，我就一直在思考，「既然要死，希望自己能死得有意義」。

好比說，有小朋友為了撿滾落的球，快要被車撞到，我因為保護那個小朋友而死；或是衝進火場救被遺留在原地的小朋友，結果只有小朋友得救，我有點憧憬像漫畫或連續劇中會出現的那種死法。

美其名是自我犧牲，其實並非如此。

我覺得為誰犧牲，會讓自己產生價值。逃避現實、不肯磨練自己的我也能輕易產生價值的方法——

那就是自我犧牲。

並非是想要助人，只不過是想在最後為自己的人生鍍金再死。跟妨礙一之瀨自殺一樣，不過是自私的偽善罷了。

我不知道有多少人有這種想法。不過，大概有一堆人想要「死得有助益」吧。畢竟有人登錄成為捐贈器官者，所以這種想法應該可以成立。

「既然如此，相葉先生。」死神開口道，

「你為何對一之瀨月美如此執著？」

死神得意洋洋地接著說：

「沒必要特意拯救想死的人吧？別拯救一之瀨月美了，改拯救其他因為意外事故身亡的人就好，那只錶能拯救許多人喔。」

「我只是想說，考慮自殺的人想拯救別人一點兒也不奇怪。我妨礙一之瀨自殺的理由不只如此，我想一掃我內心的陰霾，所以她是最適合的人選。」

「你的意思是，你同情一之瀨月美？」

死神放下喝光的咖啡杯，向我提問：

「那你為什麼同情她？」

「這個嘛……」

我一時語塞。

「因為她跟你很像，是嗎？」

死神自鳴得意地微笑道。

「即使自殺的原因不同，你們還是很像。」

我的確有無數次將一之瀨與以前的自己重疊在一起。像是總是一個人、常去橋上看風景、在水族館看著別人一家子這些部分。

但那又怎麼樣？
「就算我們很像那又怎樣？難道她放棄自殺，我也會改變想法嗎？」
我的人生軌道從一開始就毀壞了，無論怎麼做都無法修復，根本不可能想要活下去。
「誰知道？那可難說喔。你也未必拯救得了一之瀨月美。」
說話語氣像是在挑釁人的死神，令我感到很煩躁。
「就算我真的感到後悔，也不干妳的事吧？」
我如此回嘴後，死神便皺起臉孔，呢喃道：
「這樣就太無趣了。」
「無趣？」
死神一臉憂鬱地用手指敲打桌面。
「相葉先生，你知道我為什麼要用銀錶跟你交換壽命嗎？」
「我怎麼會知道，我又不像妳有讀心術。」
「那麼，我先告訴你我為什麼要把銀錶交給你吧。」
為什麼死神要跟我用銀錶交換壽命，我雖然好奇，卻不曾深入思考過。
「我從小……」
死神娓娓道來。
「最愛殺死蟲子了。」
「啥？」

「少囉嗦，聽我說完。」

我猜她接下來要說的話應該很無聊吧，但我還是決定默默聽下去。

「不是馬上殺掉，而是先奪走那隻蟲子的長處。如果是蝴蝶或蜻蜓的話，就扯掉牠們的翅膀；蚱蜢的話，就擰斷牠的腳。如此一來，牠們的外表和動作就會變成別的生物。看見沒有翅膀的蝴蝶，很少人會認出那是蝴蝶吧。我最喜歡觀察變成那種姿態也想拚命逃跑的牠們，直到不再動彈的模樣。」

我心想：果然很無聊。

「重點在於，為了能觀察得長一點，我會餵牠們食物或救助牠們。偶爾會因為幫太多忙而讓牠們逃走就是了。」之後死神也露出一副得到新玩具的小孩般的表情，繼續說道。

我對她說：「妳這興趣還真是低俗。」反正她隨時能看穿我的心，不需要客氣。

「所以我才把銀錶交給你們這種人類啊！」

她臉上浮現陰森的笑容問我：

「相葉先生，你認為人類的長處是什麼？」

「人類的長處？」

「我認為是溝通，因為這是在人類社會生活不可或缺的能力。你既然想死，應該明白吧，大部分尋死的人都是被孤立的。你之所以看一之瀨月美覺得她生活得很辛苦，也是因為她缺乏人類的長處。」

「也就是說，在妳的眼中，我們看起來就像沒有翅膀的蝴蝶吧。」

死神若無其事地頷首道：「沒錯。」

「我雖然能讀取人心，卻讀不出蟲子的心。於是有一天，當我正在觀察一隻臨死之際的蟲子時，突然心想：『現在這隻蟲究竟在想什麼事情呢？如果牠是人類的話，我就能明白牠的心了。』所以我便開始觀察起企圖自殺的人。」

死神望著窗外繼續說道：

「不過，觀察快要死的人類一點兒都不有趣，因為他們對生存太不執著。我想觀察的明明是像蟲子一樣垂死掙扎到最後的人類，他們卻輕而易舉地喪了命。」

「所以——」死神強調般地說道。

「我決定給他們飼料，讓他們不會馬上死掉。」

「原來如此啊。」我說出這句話後，死神便微笑回答：「沒錯，正是如此。」

「我想觀察捨棄壽命的人類慢慢感到後悔的模樣，才把銀錶交給他們。」

聽見這句話的瞬間，我脫口而出：「這理由還真是胡鬧。」

「過去有許多人臨死前感到後悔。」

死神眉飛色舞地說道；我問她：「還有其他捨棄壽命的人嗎？」她回答：「是的，因為我會先讀取人心，只跟願意與我交換的人交涉。」

「你似乎認為看到終點才會湧現活下去的欲望呢？正是如此，大家一開始都是一樣的想法。打算在剩下的三年製造快樂的回憶、倒流時光以達成某種目標，短時間會變得積極。然後在變得積極的這段期間發現自己的本質。」

「本質？」

「是的，因為只要讓時光倒流，就能抹去失敗的痕跡。原本膽小怕事的人變得不怕失敗，有時候憑藉著氣勢，甚至能無往不利。一旦有了自信，周圍的人對待自己的態度便和以往不同。接著便會後悔不已地發現：『原來只要一點點調整，就能重獲生機啊！』」

我心想：有那種人存在也不足為奇。

「我不懂耶。既然妳希望人類後悔，那根本沒必要給予我忠告吧？」

「因為使用銀錶的方式太無聊了。」

死神露出一副由衷感到乏味的表情說道。

「使用方式哪有分什麼有趣無聊的？」

「這可就因人而異了。」

「聽好了！」死神開始諄諄教誨：

「大部分得到銜尾蛇銀錶的人類，一開始會先賺取金錢，揮金如土地大玩特玩，接著慢慢覺得玩膩了。你也經歷過這個階段吧！但是那些人通常不會妨礙一個想死的少女自殺，而是追求刺激。有人會將倒流時光的能力作為擋箭牌，沾染犯罪、暴露攻擊性；也有人裝作一副能預知未來的模樣，獲得注目，試圖滿足自我表現欲。使用方式因人而異，但都是為了滿足欲望而使用銀錶的力量，恣意妄為。」

「然而……」死神接著以藐視人的眼神看著我。

「你的使用方式不只無聊，甚至打算自我後悔。」

「我不那麼認為，我也是隨心所欲在使用銀錶啊。」
「但你似乎累積了不少疲勞呢。」
我無言以對。不過，我自認為是為了自己才使用銀錶妨礙一之瀨自殺的。無論死神怎麼說，我都是為了自己。
「請你多多為了自己的欲望使用那只銀錶，因為愈是依賴那只銀錶，你臨死的下場才會愈滑稽。」
死神說了一大堆後，補充一句：「多讓我娛樂一下嘛！」
我又不是為了娛樂這傢伙才捨棄壽命的。
也不是為了後悔而妨礙一之瀨自殺。
「我沒有義務配合妳的自由研究。」
我拿起發票站起來，對死神十分肯定地說：
「我會繼續妨礙她自殺，也沒有要後悔的意思。」
我只剩一年半可活，我要為了自己去做自己想做的事。
而且，這傢伙似乎無法預知未來。
從她剛才的發言就能知道，假如她能預知未來，才不會將銀錶交給用來做無聊事的人類，說我會後悔，也不過是猜想罷了。
要是以為能讀取人心就無所不知的話，那可就大錯特錯了。
「相葉先生。」

當我正要離開座位的瞬間，死神叫住我，我停下腳步。

「所有得到銜尾蛇銀錶的人，最後都感到後悔不已。」

死神坐在位子上，沒有望向我，如此說道。

「你知道為什麼嗎？」

我沒有回答。

「因為我只會把銀錶交給會後悔的人。」

死神轉頭看著我的臉，微笑道。

「畢竟我能讀取人心嘛！」

聽見這句話，我報以微笑。

那麼恭喜妳——**遇見第一個不會後悔的人**。

6

在我捨棄壽命後的第二次七月一日，星期三，天氣晴。

這一天，我的手機響起聲音。

來電鈴聲把正在睡覺的我吵醒，我一開始還以為是鬧鐘。以往我用來上網、設鬧鐘、看日曆的手機，第一次發揮它本來的功用。

我迷迷糊糊地接起電話，是一之瀨打來的！

應該說，只有她知道我的電話號碼。

我用剛起床的沙啞聲音詢問：「怎麼了？」

「我想死。」

直截了當的一句話。

我問她在哪裡，但我剛睡醒，頭腦轉不過來，決定約在老地方的那座橋和她碰面。通話結束後，我想要確認時間，視野卻一片模糊、看不清螢幕。我在意識與身體分離的狀態下走向盥洗室，朝臉上使勁潑了一把冷水。

急忙準備後，前往老地方的那座橋。

時刻尚早，是上午十點，我強迫剛起床的身體活動奔跑。

到達那座橋時，一之瀨已經在那了。

「沒想到妳會打電話給我……該不會是打算放棄自殺……」

「不是的，因為我今天想去一個地方。」

一之瀨不僅打電話給我，還主動提出有地方想去。

這還是頭一遭。我懷疑自己是否在做夢而捏了捏臉頰，然而一之瀨只是對我投以冷漠的視線。「你在做什麼啊？」

一之瀨對我招了招手；我問她要去哪裡，但她說是秘密，不告訴我。與平時完全相反。我跟在她身後，滿頭問號。為了保險起見，我再次捏了捏自己的臉頰，結果只換來一之瀨輕蔑的眼神。

「今天你……有點奇怪耶。」

我回嘴：「奇怪的是妳吧！」

「妳之前一直強調沒有想去的地方，這次怎麼這麼突然？」

偶爾一次有什麼關係嘛。一之瀨如此回答，但我只覺得她在敷衍我。我無意打破砂鍋問到底，但今天的她確實與平常不同。

還好這次她願意跟我交流，不像上次幾乎無法交談。實在比上次哭泣時看起來開朗多了。

徒步二十分鐘左右來到的地方，是當地的國營公園。

那座公園大到一天無法逛完，也有許多人特地遠道而來，是當地唯一的觀光景點，我小時候也來過幾次。

在入口處必須付入園費，一之瀨打算連我的份一起付，被我阻止了。

不過，她握著零錢不肯退讓，堅持今天由她付錢。因為讓中學生付錢實在過意不去，我們爭執了幾分鐘。

最後決定猜拳，贏的人付，然後我贏了。

通過入園大門後，一條大得像河川的水路筆直地延伸到視野的前方。

水路每隔一定的間隔就會噴水，可以聽見水花的聲音。水路的兩側有兩排林蔭大道筆直地延伸而去，除了我們之外，還有其他帶著小朋友的民眾以及老夫婦走在那條林蔭大道。

時序進入七月，天氣變得有點熱，因此水花聲聽起來特別涼爽。微風吹拂，樹葉沙沙作響，腳下響起樹枝折斷的聲音，宛如處於森林之中。

「我喜歡這種安靜的地方。」

一之瀨有別於平常邊走邊警戒的態度，表情十分沉穩。欣賞風景的她，眼神十分柔和。我開口：「我好像可以明白妳的心情。」於是，她面帶微笑地回答：「那就好。」

穿過水路兩旁的林蔭大道，沿著道路走，便看見一個大池塘。池塘上漂浮著幾臺天鵝船和槳船，水面映照出清晰的藍天。

我在附近的商店買了兩瓶彈珠汽水，把其中一瓶遞給一之瀨。看到彈珠汽水，心中就湧起一股懷舊的感覺，雖然對它並沒有什麼特別的回憶。

彈珠掉進瓶子裡，冒出細小的氣泡。一之瀨似乎不知道怎麼打開彈珠汽水，經歷了一番苦戰。我幫她打開後，她便輕輕鼓了鼓掌。

碳酸在口中炸開，一口氣滋潤乾渴的喉嚨。一之瀨大概是不喜歡喝碳酸飲料吧，只見她盯著瓶子裡的彈珠，一口一口地慢慢喝。

喝完後，她從池塘的欄杆朝水面揮了揮手。於是，水面聚集了無數條鯉魚，大概是誤以為能吃到飼料才聚集過來的吧。

說到這裡，我買彈珠汽水時，店裡好像也有賣鯉魚飼料。我回到商店，買了鯉魚飼料遞給她後，她便露出閃閃發光的眼神。

附近有船屋，我們決定一邊踩天鵝船，一邊餵鯉魚。

在觀光地區經常看見兩人乘坐的天鵝船，大概是使用了好幾十年吧，坐上去的瞬間便嘎吱作響，油漆斑駁脫落，連方向盤也生鏽了。我在乘坐之前很擔心自己是否會暈船，現在則是憂慮是否會沉船。

我們兩人一起踩踏板，不過前進的速度比想像中的還慢。不僅沒前進多少，踏板還很沉重，我怕一之瀨那雙纖細的雙腿會折斷。

「相葉先生你看右邊，我看左邊。」

一之瀨一本正經地尋找鯉魚，不過鯉魚馬上就從對面靠了過來。

應該說，等我發現的時候，已經被一大群鯉魚包圍了，數量多得不計其數，連一之瀨也驚嚇地說：「有點可怕呢……」

投餵飼料後，鯉魚便啪唰啪唰地跳出水面，濺起水花。我焦慮地想著應該不會翻船吧。儘管處於這種狀態下，一之瀨依然忘我地餵飼料，從船上探出身子。我從後方抓住她的衣服，避免她落水，但本人似乎毫無察覺。

即使餵完飼料，鯉魚仍舊不肯離開船邊，於是一之瀨開始與鯉魚對話：「抱歉喔，已經沒有飼料了。」我無法忘懷她哭泣時的表情，始終耿耿於懷，看見她一如既往，我才安心了一些。

坐完天鵝船後，我們在公園內四處走走逛逛，然後去美食街享用遲來的午餐。我們點的是裝在免洗容器的普通烏龍麵，但在這種場所用餐，吃起來特別美味，真是不可思議。一之瀨吃完烏龍麵後，還吃了霜淇淋。

商店裡販賣著球具、飛盤等各式各樣的玩具，我不太想做劇烈的運動，所以買了泡泡水和野餐墊，前往位於園內中央的草地。

一大片綠油油的草地在眼前擴展，上頭鋪著無數張野餐墊，有正在享用自帶便當的老夫婦、與小孩玩球的父親、跟寵物狗玩飛盤的情侶等，各自樂在其中的樣子。

草地中央聳立著一棵大樹，就像是這座公園的地標，不過從這裡望去，距離很遠，看起來很小。我們走在草地上，朝那棵大樹前進。

抵達大樹的樹蔭下，鋪好五彩繽紛的野餐墊後，我們兩人便坐在上頭，雖然底下凹凸不平，一之瀨卻若無其事地採取跪坐的姿勢。不痛嗎？

起風時，斑駁的樹影便隨之搖曳，響起微弱的樹葉摩擦聲。

樹蔭外傳來笑聲，眼神不自覺朝聲音來源望去。視線的前方有一對小情侶正在打羽毛球。因為風的關係，女友擊打羽毛球後會越過男友飛得太遠，男友擊打羽毛球後則無法飛向前方。這已經不能稱之為打羽毛球了，而是其他遊戲了，不過兩人都笑得樂不可支。

像這樣觀察其他人，樹蔭裡與樹蔭外簡直是截然不同的世界，我就像是個從樹蔭裡的世界一臉羨慕地望著外面世界的旁觀者。

實際上，如果一之瀨不在我身邊的話，我應該會顯得格格不入。

放眼望去，很少有人獨自來這座公園。就算有，也是在寫生或躺在野餐墊上睡午覺，看起來十分融入。

我能肯定地說，如果我一個人來這裡，絕對沒辦法融入。我不知道該怎麼形容，感覺我跟樹蔭外的人們從頭到腳都不一樣。

那份差異讓我被孤立。

除非消弭這個差異，否則我不會打消想死的念頭。死神說我跟一之瀨待在一起會後悔，那怎麼可能。假設一之瀨放棄自殺，我們也不會一起來到這座公園了吧。結果只是回到原本的生活而已。

無論如何，我後悔捨棄壽命的那一天永遠不會來臨。

當我思考著這種事情的時候，一之瀨突然跳起來。

「蟲！有蟲！」

她拉著我的衣服，指向野餐墊的邊緣。

有隻小螞蟻在走路。

「這有什麼好怕的？」

我抓起螞蟻，放生到樹幹上，不過一之瀨在那之後還是不斷確認野餐墊上有沒有蟲。

我從袋子裡拿出泡泡水，遞給心神不寧的一之瀨，企圖分散她的注意力。

兩根綠色吸管，四個加了泡泡水的粉紅色容器，兩個人分，一起吹泡泡。無數的泡泡從吸管輕飄飄地飛出，飛到樹蔭外，立刻失去了蹤影。

「你好不適合吹泡泡喔。」

在樹蔭外吹泡泡的一之瀨嘻嘻笑道。

「我有自知之明啦。」

相反地，吹著泡泡的一之瀨則是美得如詩如畫。她也彷彿一碰就破的肥皂泡泡般，看起來十分夢幻，非常契合。

我從樹蔭處一直凝視這樣的畫面。

「我說，要不要來比賽？」

我問回到樹蔭下的一之瀨。

「比賽？」她歪頭回答。

「誰的泡泡飛得遠，誰就獲勝。敗者要聽從勝者的話。」

一之瀨做出思考數秒的動作後，死盯著我不屑地說道：「要是你贏了，你肯定會要求我放棄自殺吧。」我回答：「那可不一定。」不過她似乎根本不相信我，反問：「是嗎？」

「我知道了，我不會要求妳放棄自殺，這樣總行了吧？」

我如此提議後，她雖然露出猜忌的表情，最後還是答應了。

兩人站在同樣的位置吹一次泡泡，誰的泡泡飛得遠，誰就獲勝。定好詳細的規則後，一之瀨先吹。

她鼓起臉頰用力吹，結果吹出一個大泡泡，沒飛出樹蔭就破掉了。

我見狀，深信自己穩操勝券。

我吹的肥皂泡泡飛得很順利，再加把勁就能飛出樹蔭，而且還剩下好幾個沒破。我盯著泡泡，心想自己應該能輕而易舉地獲勝吧。

就在這個時候。

兩雙小手弄破了我吹的泡泡。

是從剛才起就一直繞著樹木周圍跑來跑去的小男孩和小女孩弄破了泡泡。
大概是讀幼稚園的年紀，兩人五官很像，一定是兄妹或姊弟吧。
我不知所措；一之瀨在我旁邊忍笑。
「剛才那次不算，我再吹一次。」
我再次吹出泡泡，結果還是被那兩個小朋友弄破了。而且兩人覺得很有趣，開心得蹦蹦跳跳。
「他們好像希望你再多吹一點泡泡呢。」
一之瀨面帶微笑地說道。
我拜託兩個小朋友離開那裡，但他們絲毫沒有要離開的跡象。
之後我也繼續說服他們，不斷吹出泡泡，但還是全軍覆沒。我完全變成了那兩個小朋友的玩伴，即使如此我還是一直吹泡泡，這次換一之瀨從旁邊用手指戳破泡泡。她穿上鞋子，直接奔向那兩個小朋友。
「我們來比賽誰能弄破最多泡泡，好嗎？」
一之瀨雙手扶膝，溫柔地對兩個小朋友說道，看來是打算陪他們玩耍。異常開朗的她令我有些心動。「相葉先生，快點快點！」她拍了拍手，要求我吹泡泡。
我使勁吹出肥皂泡泡後，小朋友們便嬉鬧地追著泡泡。一之瀨似乎對他們手下留情的樣子，雖然做出打算弄破泡泡的動作，其實還是讓著他們。
一之瀨玩泡泡的模樣，十分開朗、天真無邪。

近似水族館回程時露出滿面笑容的她。笑得比誰都幸福的她有種魔力，令人不自覺地想疼愛她。

一之瀨平常總是面無表情，要逗她笑並不容易。如果她不是想要自殺的少女，而是普通女孩的話，應該就能常常看見她的笑容了。真是可惜。

玩了一會兒後，尋找小朋友的父母發現了我們，向我們道謝後，便帶那兩個小朋友離開。臨別之際，兩人大幅度地揮著手說：「下次再一起玩喲。」一之瀨面帶笑容地揮手回答：「下次見。」我也有氣無力地揮了揮手。

「走掉了呢。」

一之瀨轉頭時，我把肥皂泡泡吹向她。

「呀！不用再吹了啦！」

「什麼叫『我們來比賽誰能弄破最多泡泡』啊？看我怎麼對付妳！」

「相葉先生！會沾到頭髮啦！」

我一邊吹著肥皂泡泡，到處追逐笑著逃跑的一之瀨。

無數熠熠生輝的肥皂泡泡在她四周漫天飛舞。

「看我反擊！」一之瀨也拿出泡泡水，我們兩人興奮得像小學生一樣互吹泡泡。

我很想永遠欣賞一之瀨天真無邪吹著泡泡的模樣，無奈我和她都耗盡了體力，馬上便氣喘吁吁地回到樹蔭下。

我一屁股癱倒在野餐墊上；坐在旁邊的一之瀨也雙手撐在身後，仰望樹木調整呼吸。

當我仰躺望著隨風搖曳，從枝葉縫隙中灑落的陽光時，心情有點奇妙。

對我目前在這裡一事感到奇妙。我本以為會獨自度過三年的餘命，然而現在卻像傻瓜一樣嬉鬧，仰躺在野餐墊上。

自己像「普通人」一樣融入草地的這個狀況令我難以置信，實在太不可思議了。

「為什麼一之瀨非死不可呢？」

我看著旁邊的一之瀨，思索著另一個不可思議的事。

我當然明白她自殺的理由，因為跟家人處不來，也沒有朋友，已經走投無路了。

我覺得不可思議的是，為什麼她非自殺不可？

她不就只是個普通的少女嗎？又沒做什麼壞事，只要她願意，就能不用自尋死路也能活下去。她存活在這個社會上是理所當然的事。

然而一之瀨卻選擇自殺，而我則是妨礙她尋死。

導致她選擇自殺的命運和社會，令我覺得不可思議。

這世上淨是些不合理的事，所以我才想快點關掉這場垃圾遊戲的電源，選擇捨棄壽命。

不過，我無論如何都不想認同她選擇自殺的這個行為。

「妳真的無意放棄自殺嗎？」

我仰躺著詢問一之瀨。

「只要妳肯放棄自殺，我願意為妳做任何事。如果妳想報復霸凌妳的那些人，我會幫忙；也能每天買娃娃送妳，直到妳繼父不再扔掉妳的娃娃。真的什麼事都可以，只要妳肯放棄自殺。」

我將真心話直接化為語言。

我希望她放棄自殺，僅只如此。這時我才真切地感受到，自己並非想要消除罪惡感或替自己找藉口，只是單純地想要阻止一之瀨月美自殺。

不過，一之瀨的回答卻是「很抱歉」。

「我今天之所以來這裡，是想在最後向你道謝。」

我反射性地坐起上半身，問道：「最後是什麼意思？」

一之瀨沒有望向我，而是望著遠方的天空說道：

「我明天要跳橋自殺。」

那一瞬間，她的側臉看起來十分滿足，也像是豁達。平靜、剛強、沒有迷惘，堅決不接受我的真心話的表情。

「我想至少在死之前向你道謝。」

「不，等一下。為什麼事情會演變成這樣？況且妳也沒理由向我道謝啊……」

我急忙想要說服她，結果她面帶微笑地對我說：「才沒那回事呢。」

「我一直很害怕，害怕沒有人願意支持我，就這麼獨自死去。實際上，如果沒有你，我想我早就孤零零地離開這個世界了。」

她依舊維持著沉穩的表情、平靜的聲音接著說：

「你阻止我自殺的時候，我其實鬆了一口氣。一想到竟然也有人會擔心我，就感覺得到了救贖。雖然我總是說一些卑微又反抗的話……但其實我很開心。」

一之瀨再次微笑，好似在掩飾難為情似的。

我過去是為了自我滿足才妨礙她自殺的，聽到她向自己道謝，內心五味雜陳，儘管如此我還是覺得很開心。所以希望她放棄自殺的心情越發強烈。

我抓住一之瀨的肩膀。

「那妳就不要自殺，繼續活下去不就得了？」

然而，她卻搖頭回答：

「這半年來與你一同度過的時光，讓我的心靈得到了慰藉，但那不過只是暫時止痛而已。就算我再怎麼告訴自己必須去上學，但只要看見制服，不安的浪潮便會將我淹沒，讓我想要逃跑。我沒有勇氣返回校園，也沒有自信與家人一起生活下去……就算活著，也只是一直煩惱，我好累，我已經受夠了。」

我輕輕抽離抓住她肩膀的手。

「只有你站在我這邊支持我，但是我不想再給你添麻煩了。你帶我到處去玩，又幫我出錢……真的很抱歉。」

然後，一之瀨面向我，像當時那樣，露出滿面笑容。

「謝謝你為我擔心。」

一陣風吹來。

一之瀨的髮絲隨風飄揚。

樹葉摩擦聲和樹蔭外傳來的聲音，聽在我耳裡都只是噪音。

這或許是最美麗的結束方式吧。

還有什麼事是我能為她做的嗎？在她不希望解決霸凌，家庭問題也束手無策的狀況下，我只能妨礙她自殺。

以往只是奇蹟般地湊巧都有順利阻止她自殺，也許過沒多久便會突然迎來離別。

堅決自殺的一之瀨，臨終時都在想些什麼呢？我強調那麼多次會一直妨礙她自殺，如果沒去救她，她會覺得被背叛也不足為奇。

與其經歷那樣的離別，不如此時此地與一之瀨互相告別，至少直到最後都站在她那邊支持她比較好吧？

我已經盡力了。

然而一之瀨還是選擇自殺。

沒有在自我滿足的情況下結束就該偷笑了。

她想要終結她的生命。

那麼如她所願就好。

然而——

「開什麼玩笑！」

我在說什麼啊。

「咦……」

我毫不留情地對感到困惑的一之瀨直話直說：

「聽好了！我不是為了救妳才阻止妳自殺的，而是因為妳死了會讓我無法釋懷！所以我才會妨礙妳自殺，還花了不少錢！要是妳只向我道個謝就死掉，我不是虧大了嗎！要死，等妳把我過去花的錢，還有撒到河裡的一百萬還給我再說！」

我自己也覺得我說話語無倫次的。

說我自私也好，其實根本不需要理由。

我只是想阻止她自殺罷了。

「我、我怎麼可能付得出來啊？是你說我馬上就要死了，要我別客氣，讓你請的耶！而且信封裡的錢……呀！」

一之瀨拚死地頂嘴；我粗魯地撫摸她的腦袋。

「我一定會繼續妨礙妳自殺，直到妳放棄為止。」

一之瀨一邊整理變得亂七八糟的頭髮，露出平常不滿的神情。

「……你果然不是我的同伴，而是我的敵人。」

「敵人就敵人。」

我斬釘截鐵地說道，吹出肥皂泡泡。

飛翔的泡泡連樹蔭都沒飛出，就「啪」地瞬間消失了。

「……通常也沒有人會因為無法釋懷就掏出一百萬的。」

「跟性命比起來，算便宜了吧。」

「我的命根本一文不值。」

她鼓起臉頰吹出泡泡，結果她的泡泡也沒有飛去樹蔭就破掉了。

「別這麼貶低自己。況且，自殺也不會死得比較輕鬆。」

「……我知道。別看我是個小孩就威脅我，沒用的。」

「我才不是在威脅妳，只是不希望妳痛苦才這麼說的。」

我如此說道後，一之瀨便輕聲回答：「你真是個怪咖耶。」然後使勁吹出泡泡。

接著，直到響起通知關閉園區的廣播前，我們都沒有再說話。

「對了，吹泡泡比賽沒有分出勝負呢。」

踏出公園的前一刻我才突然想起。於是始終沉默不語的一之瀨才開口：「我完全忘記這回事了。」

「算我犯規輸了吧。畢竟我從旁邊戳破你的泡泡。」

我沒想到她竟然會這麼爽快地認輸。「除了自殺的事以外，我才聽從你說的話喔。」仔細確認賭約的這一點，倒是很符合她的本色就是了。

「那妳陪我去那個好了。」

我指著貼在入場大門的海報，海報上畫面煙火的插圖。

「煙火大會？」

這個公園每年八月下旬會舉辦煙火大會，海報上寫說今年是在八月二十二日舉行。

「啊……你的意圖是不讓我在煙火大會前自殺吧。」

雖然我的目的馬上就敗露了，但我裝傻帶過。「原來還有這一招啊，我都沒想到。」

這是我從安樂死報導得到的靈感。如果設下「煙火大會前」這個期限的話，她可能會乖乖聽從。雖然只能多爭取一點時間，但或許會令這個無計可施的狀況產生變化。

「總之，要信守承諾喔。不想待在家的時候，隨時打電話給我。」

「要不要打電話給你……」

她含糊其辭地說；我將裝有泡泡水的容器的袋子塞到她的手裡。

「不必顧慮。所以別說明天要死這種話，再努力一下吧。」

「我就努力到煙火大會吧！」一之瀨無奈地說道，接過袋子。

「回家路上小心。」

「真的只到……煙火大會那天喔。」

臨別時她再次確認，看樣子應該會遵守約定。

我還不能同意她自殺。

到煙火大會那天還有五十多天。

我要利用這五十天，想盡辦法阻止她自殺。

第三章

無法兌現的諾言

できもしない約束

1

「喂？我是一之瀨……我想死。」

在我捨棄壽命後的第二次七月七日，星期二，天氣晴。

這一天，手機的來電紀錄變成了兩通。

我們和上次一樣約在老地方的那座橋碰面，我鑽出被窩，走出家門。在掛掉電話之前不厭其煩地告誡她：「絕對不要自殺喔！」她賭氣地回答：「我今天不會自殺啦！今天。」但我難以相信她。

去完公園後大約一個星期，這段期間她都沒有自殺。

雖說她答應我會活到煙火大會那一天，但她未必會信守承諾，也有突然自殺的風險。所以我並未怠惰蒐集情報，一樣過著每天睡眠不足的日子。

我邊打呵欠來到橋上後，已經先到的一之瀨正悠閒地在吹泡泡。看她拿著眼熟的袋子，應該是公園那次吹剩的吧。

「你剛才該不會在睡覺吧？」

一之瀨的視線比平常上移一點。我看著自己的影子，發現頭髮疑似睡得亂翹。我伸展著身體說道：「我早上容易賴床。」結果一之瀨傻眼地回答：「現在已經下午兩點了耶。」

我一邊整理亂翹的頭髮，一邊心想今天要去哪裡，但發現自己忘記帶錢包。就算後悔早知道應該檢查後再出門，也於事無補了。

「我好像忘記帶錢包了，必須先回家一趟才行。」

無奈之下，我只好帶一之瀨返回公寓。雖然覺得帶未成年的她回家不妥，但要是她在外面等待的期間自殺的話就麻煩了。

「走吧！」

「咦？我也要一起去嗎？」

「要是放妳一個人的話……會發生許多麻煩事吧。」

「……你該不會認為我會在你回家的期間自殺吧？」

我沒有回答，邁開腳步向前走，結果後方傳來「你說啊！」的怒吼聲。

返回公寓的途中，一之瀨不斷詢問：「我真的也要一起去嗎？」我回答：「要不然怎麼辦？」她只好一臉不服地跟在後頭。

「怎麼了？進來啊。」

我打開玄關門後，催促她先進去，但一之瀨雙手扭扭捏捏的，不打算進去。看起來像是在警戒，然而並非如此。

「我這種時間在這裡，會不會引人懷疑啊？」

她表情憂慮，似乎是以為我有家人在。

我告訴她我是一個人住後，她便鬆了一口氣，走進房間。

我帶她進客廳，先請她坐在沙發上。雙腳併攏坐在沙發角落的她，顯得特別乖巧老實。

「感覺……跟我想像中的不一樣呢。」

一之瀨東張西望地巡視整個房間，如此低喃。

「那妳原本想像的是什麼模樣？」

「各種物品到處亂丟。」

「妳竟然以為我家是垃圾屋之類的喔？」

家中只擺放最低限度的必需品，也沒有特地整理過，其實只是東西少到沒辦法亂丟而已，如果有不少物品的話，大概會變得跟她想像中的一樣吧。

客廳只有擺放電視和遊戲機的電視櫃、廉價的矮桌和雙人座沙發。

三房中的其中一間西式房間作為寢室使用，其他房間甚至沒有安裝照明器具。廚房和盥洗室的收納空間也沒有填滿。

在租房子前我就覺得一個人住太大了，如此冷清，沒有生活感，令人有些毛骨悚然。不過，就算買東西來點綴房間，死前還不是得處理掉，倒不如別買多餘的物品。

這種宛如沒有造景裝飾的魚缸，看著都無聊的空間，一之瀨卻一臉好奇地環顧整個房間。

「你一個人住在這麼大的地方啊？」

「我這裡還有其他空房間，妳不想待在家裡的時候可以隨便使用。」

「你這樣說好嗎？我會每天都來喲？」

「那就每天都來啊。」

一之瀨目瞪口呆地再三詢問：「我真的每天都會來喲？」我個人是非常樂意她每天過

來，能確認她的安危當然大過繼續現在的生活啊。

「無所謂啊。」

「是喔……要是你後悔，我可不管喔。」

「妳這話是什麼意思？」我問她，她卻態度冷淡，不肯回答。

在我去盥洗室整理亂翹的頭髮時，一之瀨從窗戶眺望外頭的景色。「哇啊，好高啊！」

我聽見她天真無邪如此說道的聲音，然而下一瞬間卻冒出「從這裡跳下去，或許能死得比較輕鬆」這種危險的感想……千萬別給我跳下去喔。

之後，我連忙阻止想走到陽臺的一之瀨，還被她看見堆積如山的超商空便當盒，她傻眼地吐槽：「你要是不吃得營養一點，身體會弄壞的。」我才不想被一個企圖輕生的少女這麼說呢。

結果，好不容易讓她安靜下來乖乖坐在沙發上時，已經超過三點。我斥責坐在旁邊的一之瀨，要她乖乖坐好後，她有點在鬧彆扭。

「妳吃過午飯了嗎？」

看見她搖頭回應，我在想帶她出去外面吃好了。

我不經意地望向手機螢幕，發現今天是七夕。

我記得附近每年都會舉辦七夕祭典。

用手機查詢後，立刻跑出顯示資訊的頁面，官方網站寫著第七十一屆七夕祭，看來今年也有舉辦的樣子。應該會有小吃攤出來擺攤，邊走邊吃或許也不錯。一之瀨好像也很在意，探頭窺視我的手機螢幕。臉靠得好近。

確認兩次有帶錢包才離開家門的我們，搭乘電車搖搖晃晃，前往舉辦七夕祭典的最近車站。乘客比平常多的電車內，還能看見穿著浴衣的人。

七夕祭典舉辦的地點，是從下車的車站一直線延伸而去的商店街。道路兩旁的商店街並排著二手衣店等老字號店鋪，這天基於交通管制，車輛禁止通行。

走出車站後，立刻被人潮推著走，在羅列著各種攤販的商店街前進。有時人多到一之瀨會抓住我的手臂，保持緊貼的狀態，有點尷尬。

我們在穿著浴衣的男女和拿著水球的小朋友的包圍下前進後，突然飄來一陣香噴噴的醬汁味，空腹感受到刺激，便前去寫著斗大的「炒麵」攤販排隊。

裝進透明盒子的炒麵，有點令人懷念。

回想過去，我小學時曾經和朋友去祭典吃過。明明沒什麼特別想要的獎品，我和朋友卻被氣氛感染，到處抽獎，等到肚子開始餓的時候，錢包裡已經沒剩多少錢了。嘴饞的我們就拿出自己僅有的零錢湊一湊，買了一盒炒麵分著吃。

我也有過這種回憶呢，以一種奇妙的心情懷念過去。

我們為了避免被人潮推著走而躲到攤販後方吃炒麵。只放了一點紅薑，沒有特別裝飾的炒麵，味道卻十分美味。那天吃的炒麵好像也很好吃。或許祭典的炒麵就是這樣吧。我思考著這種事，望向一之瀨後，發現她淚眼汪汪地在吃炒麵。誰教妳怕燙，別勉強啦。

「人這麼多，要回去也不容易。如果有想吃的攤販，就馬上說出來吧！」

「可是，我今天也沒有錢喔。」

「現在還說這種話幹嘛？難得來逛祭典，就別跟我客氣了啦！」

我抱持著輕鬆的心態隨口說道。想說剛才吃的炒麵量也滿多的，接下來吃個什麼愛吃的食物，比如刨冰之類的，應該就滿足了吧。

沒想到，一之瀨一看見攤販就拉著我袖子，指著烤雞串。

「相葉先生，我想吃烤雞串。」

醬汁很好吃，一下子就吃光了。

「我這次想吃那個。」

她又指著熱狗，沾太多黃芥末醬，害我嗆到。

「相葉先生，這邊這邊！」

她指著烤花枝。好吃是好吃啦，但我已經吃不下了。

「吃完花枝，接下來當然要吃章魚啦！」

她指著章魚燒。但我實在是飽到喉嚨了，所以只買給她一個人吃。

「差不多想吃甜食了。」

她指著巧克力香蕉。我想說甜食我應該吃得下，所以買了兩人份，但是吃得很痛苦。

「鹽跟奶油隨便加耶！」

她指著奶油馬鈴薯。起初因為她怕燙的關係，經過了一番苦戰，不過還是吃完了。

「妳……真會吃耶……」

「我還沒吃夠呢。」

一之瀨左手拿著棉花糖，右手拿著冰糖蘋果，肚子似乎真的還裝得下。

我沒想到她這麼會吃。

說到這裡，一之瀨在家庭餐廳用完餐後，大多會繼續看著菜單。我以為她那纖細的身體不可能再裝得下任何食物，而且也只是覺得她是因為不想聽我勸告，才用菜單遮住臉的，看來並非如此。

真好奇她吃下去的食物消失到哪裡去了。

一之瀨填飽肚子後，我們兩人一起挑戰撈金魚。一開始還幹勁十足地提出：「要不要來比賽誰撈的金魚多？」結果兩人一隻金魚都沒撈到。對我們投以憐憫視線的攤販大叔說可以挑兩隻喜歡的金魚帶回去，但我拒絕了。攤販的金魚大多活不久，但也有些金魚活了好幾年。要是我先死的話，金魚就太可憐了。

之後我們去玩釣水球、戳椪糖，結果都很失敗，但是能多看好幾次一之瀨開心的側臉。

「你們兩個！可以過來一下嗎？」

當我們正在享受祭典時，一名穿著短外褂的中年男子突然出聲叫喚。

短外褂上寫著「七夕祭典執行委員會」。

他不容分說地就抓住我們的手臂，拉著強行帶走。

我們被帶去的地方裝飾著一棵大笹竹，竹子上吊著各種顏色的短籤，華麗得會不小心看錯成聖誕樹的程度。附近的檯子有一群人在短籤上寫下願望。

「你們也在這張短籤上寫下願望吧！」

男子如此說道，遞給我們短籤與麥克筆。

我被他的氣勢壓倒，順勢接過，卻沒有什麼願望可以寫在短籤上。

一之瀨也露出一副「不小心接下了」的表情，不知道該寫什麼才好。周圍的人陸陸續續寫好，我們卻在與短籤大眼瞪小眼。

我突然想起小學時期的苦澀回憶。

小學一年級時，有一堂課要寫七夕短籤。

我不記得我用短籤做了什麼事，但大概是班導師想事先了解這些剛入學，許多事都不懂的學生，有什麼夢想和願望，才安排這樣的課程吧。

我看周圍的同學寫的都是「希望能成為足球選手」或是「想要遊戲片」這類符合小學生的願望。

我毫不猶豫地寫下「想見父母」這個願望。

我想見我的親生父母。當時的我不知道自己是被父母拋棄，以為他們是有什麼苦衷才暫時不能來接我。所以我認為只要等待，總有一天他們會來接我，內心始終懷抱著這樣的期待。

然而，班導看見我寫的短籤後，卻一而再、再而三地問我：「你沒有其他願望嗎？」

直白得連當時的我都立刻明白——

老師想讓我寫其他願望。

可是，我不知道為什麼只有我的短籤必須重寫。

因為我認為自己寫的願望跟周圍的人一樣都很普通啊。

同學之中也有人寫想成為當時電視播放的特攝英雄。我的願望又不是無法實現，我想不通為什麼不能寫這個願望。

而且擦掉願望，感覺就見不到父母了。

我也認為寫了其他願望，會惹父母傷心，所以我始終拒絕重寫願望。不過最後還是以近似強迫的形式被逼著重寫。我甚至不記得我在那張殘留著用橡皮擦擦過痕跡的短籤上寫了什麼。

如今回想起來，這件事讓我第一次覺得自己跟周圍的人有差異。

「相葉先生，如果我寫『想死』的話，會不會被罵啊？」

一之瀨用周圍聽不見的細小聲音詢問我。

「如果那是妳真的想實現的願望，就寫吧。」

「……我開玩笑的啦。你不像平常那樣阻止我呢。」

我的回答似乎出乎她的意料之外，只見她一臉覺得沒意思地動筆寫起願望。再這樣下去，會淪為只有我一個人與短籤乾瞪眼的下場。因此我也連忙開始思考，然後將願望寫下。

「希望一之瀨月美能得到幸福。」

思考了好幾個小時，還是只有想到這個願望。一個壽命只剩一年半的人，根本沒什麼想替自己許的願。

一之瀨板著一張臉看著我的短籤。

「我說，相葉先生。」

「什麼事？」

「很害羞耶！」

「那就好。」

反倒是我看了一之瀨的短籤後大吃一驚。

因為她的短籤上寫著「希望能考上高中」。

我不敢相信，拿在手上確認，結果並沒有看錯。

「妳想上高中嗎？」

「除了想死以外，我只想到這個願望而已。」

一個將死之人還談什麼考高中啊？一之瀨說得很卑微，但似乎也不像是寫了個無可非議的願望。大概是被看得不好意思了吧，她企圖從我手中搶走短籤，要我還給她。

我們把寫好的短籤交給穿著短外褂的男性，請他幫忙掛到笹竹上。

「要怎樣才能實現我的願望呢？」

吊在笹竹上的短籤晃晃蕩蕩。

「我想不管怎麼做都不會實現喔。」

一之瀨說得一副事不關己的樣子。

從寫短籤這件事解脫時，已暮色蒼茫。到處掛著的燈籠將商店街照得一片通紅，小朋友拿著的玩具寶劍與螢光手環閃閃發光。

回程時我們兩人吃了刨冰，我點的是哈密瓜口味，一之瀨則是點了藍色夏威夷。幾年沒吃的刨冰超級冰涼，跟小學時吃的印象一模一樣。

「有變藍嗎？」一之瀨吐出舌頭問我，看起來像個天真無邪的女孩。

在回程的電車上，一之瀨「啊！」了一聲。

似乎是把泡泡水忘在我家了。她說明天要來我家拿，我當場就設定了鬧鐘。

「回家路上粗心喔。」

「我會小心回家……別騙我啦！」

「誰教妳傻傻被騙。」

在車站前分別時，她揮著手說：「明天見。」

隔天早上，一之瀨造訪我家。

門鈴響得比鬧鐘還早，我迷迷糊糊地打開玄關的門。

她說還沒吃早餐，我便把在便利商店買的甜麵包和即食玉米湯遞給她。我要她在客廳吃，自己則打算跑回床上睡回籠覺，但誤以為要一起吃早餐的她跟到寢室來，我只好讓她使用床鋪前的折疊桌。

我躺在床上盯著朝玉米湯吹氣的一之瀨，卻不知不覺睡著了，等我醒來後，發現她也在床上蜷縮成一團睡著了。

也許她是在家人起床前逃到這裡的。我小心翼翼地替她蓋上棉被，注視著她安穩的睡臉好一陣子。

2

在我捨棄壽命後的第二次七月三十一日，星期六，下雨。

自從一之瀨開始來我家後，已經過了三個星期。

她幾乎每天都會來我家玩，除了颱風或豪雨無法外出走動時。期間也沒有再嘗試自殺，就這樣過著安穩的生活。

一之瀨總是在早上過來，我沒有問過她本人，但我猜她是趁家人還沒起床時便離開家門。因為我總是被她按門鈴的聲音吵醒，就把備用鑰匙拿給她。

我對沒吃早餐就過來的她說，放在桌上的甜麵包之類的食物可以隨便吃，也有買零食和冰淇淋，電視和手機也可以自由使用。但個性內向的她大多不碰那些東西，而只是雙手抱膝坐在房間角落。

不過好像還是敗給了誘惑，最近毫不客氣地吃起東西，手機也操作得很熟練。她大多用手機上網或看影片。我本來還擔心她會不會用手機搜尋自殺方式，但查閱紀錄後，跑出來的都是六角恐龍的影片。抱歉懷疑妳。

另外，一之瀨其實也有在念書。雖然她不太想提這件事，但她似乎把學校寄來的講義全都做完，只要提交就能取得學分。

老實說，我很驚訝她會自動自發地念書。

我本來想說以她那種個性，一定會用「反正自己都要死了，念書也沒意義」這種理由不讀書。至少我是這樣啦。

當我從後方看著她念書的模樣時，她說她的字很醜，要我別看，一副難為情地用雙手遮住講義。雖然她覺得很丟臉，但我覺得她的字很整齊，圓圓的很可愛。

像這樣看著她念書的畫面，我默默期待她是否有在考慮未來要勇敢活下去，但她一樣沒有放棄自殺。昨天依然在大口吃著冰淇淋時說道：「等煙火大會結束，我這次一定要自殺。」

上午念完書後，下午我們大多是一起打電動或看電影度過。跟一之瀨待在一起，大幅改善了我的生活習慣，也沒有再因為一直查詢自殺的新聞而睡眠不足。

擺放在電視前面的小沙發是設想不會有客人來而挑選的物品，因此兩人坐在一起感覺有點擠。不習慣打電動的一之瀨，身體會不自覺地配合角色的動作活動，導致她的頭部會經常撞到我的肩膀。

不服輸的她有時也會故意用頭頂住我的肩膀，轉動頭部妨礙我。即使我有些動怒地罵她：「喂，別妨礙我。」她也只是對我急躁的反應感到有趣，更笑著回擊：「這是對你過去妨礙我的報復。」

發出雀躍的聲音妨礙我的一之瀨，搞不好個性挺調皮的。每次看見她天真無邪嬉鬧的模樣，都會心想「她放棄自殺不就好了」，也會思索陪在她身邊的人是我，這樣好嗎？她會不會其實想和同齡的朋友玩呢？

因為學校開始放暑假的緣故，街上經常可見成群的國高中生。我想像過無數次，要是一之瀨沒有遭到霸凌，正常去上學的話，應該會像那樣和朋友玩耍吧。

雖然我們像這樣理所當然地每天見面，但我們的關係並不健全。

那才是她原本應該待的場所，而不是我身邊。

我想要想辦法將一之瀨送回她原本的所在之處。

我每天都在思考，必須在煙火大會來臨前想辦法解決。

不過，與她度過的七月轉瞬間便飛逝而去。

在我捨棄壽命後的第二次八月十八日，星期二，天氣晴。

早晨被刺耳的蟬鳴聲吵醒。我試著睡回籠覺，但天氣太悶熱，實在是睡不著。也不想起床，將臉埋進枕頭片刻後，傳來一陣水聲。

大概是一之瀨在淋浴吧。

時序進入八月後，酷熱天接連不斷。一之瀨依舊每天過來，最近不是躺在沙發或床上消磨時間，就是玩房間裡有的遊戲度日。

從家裡走來的一之瀨，每天早上都會沖澡。她好像討厭汗水黏在身上的感覺，討厭到甚至從家裡帶了衣服過來更換。她使用的浴巾是兩人出門時我買給她的，牙刷也買齊了。

我家在這一個月來已經化為她的避風港。

我想盡量避免讓這裡的居民看見一之瀨進出我家，要是引人疑竇報警的話，可就顧不上妨礙她自殺的事了。

不過，自從她來我家後，表情愈來愈開朗，也較少說出貶低自己的話。況且我總不能讓她在這種大熱天底下在外遊蕩，輕易地便能想像她即使中暑也不肯開口向人求助，因此倒在路邊的景象。風險雖大，還是應該維持現狀吧。

我鑽出被窩，跑去廚房喝水時，聽見浴室傳來吹風機的聲音。她頭髮那麼長，肯定得花不少時間才能吹乾吧。我坐在客廳的沙發上，打開冷氣等她出來。

十幾分鐘後，浴室的門「喀嚓」一聲打開。

「好涼喔！」

一之瀨舉起雙手走進客廳，露出稚氣的笑容伸展身體。

我向心情愉悅的她道早安，她便「呀！」地發出輕聲尖叫。從她剛才過度活潑的聲音來判斷，似乎是以為客廳沒人在吧。

「啊，相葉先生，別嚇我啦！」

「是妳自己嚇自己吧。」

「你平常這個時候不都還在睡嗎？」

大概是被看見鬆懈的模樣而感到難為情吧，只見一之瀨一臉不悅地用力坐到我旁邊。

那一瞬間，她的髮絲散發出一股洗髮精的甜蜜香氣，刺激我的鼻孔。

「不過是嚇了一跳，別放在心上啦。」

「……我才沒有放在心上。」

「啊，是嗎？話說回來，真是涼快呢。」

「……就是說啊！」

她用頭頂住我轉來轉去，整個人靠過來，但一點都不重。

簡單吃過早餐後，我懨意地看著電視，隨後陽光從窗外照射進來，整個房間愈來愈悶熱。關上窗簾、把冷氣溫度調低都沒有用，反而還出汗。

當我用手搧著風時，電視上剛好播放休閒設施的泳池特輯。螢幕上顯示出人聲鼎沸的泳池畫面，看起來非常涼爽。我平常絕對不會想去人多擁擠的地方，但現在覺得比起待在悶熱的家中，去泳池似乎更能有意義地度過時光。

「去泳池吧！」

我彷彿在沙漠的正中央發現綠洲似地呢喃後，一之瀨才慢了一拍地歪頭反問：「你說什麼？」

「去泳池，那泳裝怎麼辦？」

「泳裝什麼的，到那邊再買就好了吧。」

「可是我不會游泳……」

「好了，快點準備吧！」

「喂！等一下！」

接下來我便憑藉一股氣勢採取行動。一之瀨一臉困惑，我拉著她的手坐進計程車，來到遠離當地的某個知名休閒泳池前下車。

這是個室內和室外都有搭建戲水設施的知名休閒泳池，因為放暑假的關係，來玩水的人非常多，我們混在人群中進入建築物。

買票通過安檢後，五彩繽紛的泳裝映入眼簾。整層樓都是泳裝店，有好幾家店舖相鄰在一起的樣子。除了泳裝，還販賣游泳圈、沙灘球、涼鞋、蛙鏡等物品。

兩人一起挑泳裝，畫面應該不太好看吧，恐怕一之瀨也不願意。所以在決定好等等會合的地方後，便把錢拿給她。

「我還想要買防曬乳液……」

她露出一副像打破盤子的小孩般可憐的表情說道，於是我笑著回答：「需要的話，也可以買游泳圈喔。」結果她氣得要我別把她當成小孩看待。

我在第一家店買了五分平口泳褲，也買了毛巾。

一之瀨則好像在煩惱要選什麼泳裝的樣子。結果她竟然空手回到集合地點，沒想到是要跟我借手機，說看起來好像會晚點回家，想先打電話通知家人，接著又不知道跑到哪裡去了。

花了特別久的時間回來的她，還我手機後又去挑選泳裝了。我邊滑手機邊等她，但仔細一看並沒有留下通話紀錄，反倒跑出「可愛的泳裝」、「泳裝推薦」這類的搜尋紀錄，看來得耐心等待才行了。

「不好意思，讓你久等了。」

在一之瀨還我手機的二十分鐘後，她拿著一個大袋子回來。我問一臉抱歉的她：「找到喜歡的泳裝了嗎？」結果她沒什麼自信地點頭回答：「嗯。」

我在更衣室前與一之瀨分別，更換泳褲。我把隨身攜帶的銜尾蛇銀錶寄放在置物櫃，雖然對此感到不安，但它怎麼看都不防水。我把錢放在剛買的防水袋中，掛在脖子上。

當我離開更衣室，踏進室內泳池的瞬間，一股熱氣迎面襲來。圓頂形狀的建築物內有一座如海灘般巨大的泳池，周圍生長著像椰子樹一樣的樹木，彷彿來到了南國的海岸。巨大的泳池中有無數玩水的遊客。我想馬上進入泳池，但還是暫時忍耐等一之瀨來好了。正當我心想等等必須稱讚她的泳裝時，側腹部被人戳了兩下。

「相葉先生。」

循聲望去，發現是穿著泳裝的一之瀨站在那裡。

白色繞頸比基尼很適合她。附有荷葉邊的設計很可愛，但一之瀨穿起來卻很沉穩。白皙水嫩的肌膚與細長的雙腿令人不知道眼睛該往哪看，事先準備好的讚美詞也已拋到九霄雲外。

一之瀨將緊握的雙手擋在胸前，抬起視線問道：「那個，會很奇怪嗎？」

「不會，非常好看。」

「……少在那裡拍馬屁了。」

一之瀨扭扭揑揑，臉頰泛起紅暈。女人心海底針啊！

從入口處就能看見的巨大泳池，似乎是以海灘為構想，愈往遠處前進水愈深。

「好冰喔！」

一之瀨「啪沙啪沙」地走在淺灘的部分，看起來比周圍的小朋友們玩得還開心。我擔心她會不會跌倒。

泳池的水冰涼得恰到好處，我慢慢地讓身體適應水溫，一邊往深處前往。走到水深及腰際處時，我朝一之瀨的背部輕輕潑水。

「呀啊！」

一之瀨大聲驚叫，一臉不服氣地面向我這邊。

「我只是想稍微嚇一嚇妳……」

下一瞬間「嘩！」一聲，水便灌進我的嘴巴，大口嗆了下去，咳嗽不止的期間，她依然毫不留情地朝我潑水。

「我錯了。喂，別潑了啦。」

潑來的水量增加，她似乎無意原諒我的樣子。

我也不甘示弱地朝她潑水。沐浴在水花之中的一之瀨興高采烈，不服輸地朝我潑水。剛才害羞的模樣宛如虛假一般。

我們互相潑水直到彼此氣喘吁吁後，便從泳池旁的梯子爬了上去，移動到其他泳池。

設有溜滑梯等遊樂設施的淺水泳池有許多小朋友在玩。

各種機關到處都會噴出水來。還有設置在上方的巨大水桶，一積滿水就會翻倒下來，落下大量的水。

「相葉先生，你去站在那邊。」

一之瀨拉扯控制的繩索後，便有大量的水朝我頭上落下。

「誰教你剛才要潑我。」

一之瀨吐舌調皮地笑道，比平常更加活潑。連附近的小朋友都指著我笑，我當然必須報復回去。

「呀！相葉先生，等一下！」

我將拚命抵抗的一之瀨採取公主抱的方式抱起，直接抱到水桶下。大概是快要積滿水了吧，只見附近聚集一大群人。

我將手腳亂動的她放下來後，她氣得大罵：「不要在這種地方公主抱我啦！」與此同時，水桶翻倒過來。

不知道水落下來而背對水桶的一之瀨被水沖擊後倒向我。在一旁淋成落湯雞的情侶相視而笑，小朋友們嬉戲笑鬧的狀況下，一之瀨倒在我懷中，被我抱著，滿臉通紅。

一之瀨因為鬧彆扭，好一陣子不肯跟我說話。不過，在室內的餐飲店享用拉麵、炸熱狗和洋芋片時，吃著吃著似乎就消氣了，甚至還吃了冰淇淋，真是食欲旺盛啊。

吃完午餐後我們走到室外，盛夏的陽光十分毒辣，逼得我們光腳走在滾燙的地面時不得不瞬間更換左右腳移動。

我們鑽過拱形水柱逃進漂漂河。

一之瀨租借漂漂河專用的大游泳圈，坐在上面任由水流帶著她漂流。水面反射著陽光波光粼粼，一之瀨白皙的肌膚也閃閃發光。

我拉著她乘坐的游泳圈前進時，她興奮地喊著「好快！」接著我故意轉動游泳圈，嚇得她邊笑邊尖叫。因為一之瀨笑得太過天真無邪，令我忘卻周圍所有人，專心一意只在討她歡心。

在漂漂河互相嬉鬧後，我們兩人試著挑戰渡浮橋。

那是踩著漂浮在水面不穩定的浮橋，走向對岸的遊樂設施，很難保持平衡。當我實在前進不了幾步時，後方傳來一之瀨的哀號聲。在我轉過頭的同時，已經被失去平衡的她抓住手臂，一起落水。

「嚇死我了……」

抓住我手臂的犯人揉著眼睛，露出害羞的笑容。嚇死的是我吧！

之後，我硬是拉著一之瀨的手，前往她不怎麼想玩的滑水道，雙人座的橡皮艇隨著滑水道彎曲搖晃，前座的一之瀨不斷發出響亮的尖叫，並以猛烈的速度滑入泳池。

「所以我不是說我不想玩嗎！」

從橡皮艇下來後，一之瀨輕輕撞了我一下。對不起嘛！

在人造浪池中，我們走到池水深及一之瀨肩膀的深度，等待每隔一小時會產生的巨大海浪。我詢問是否該返回淺一點的地方，但她表示沒問題，所以我們就沒有移動。

不過，看著正在游泳的她後，我突然感到不安。雖然本人堅持她游的是自由式，但怎麼看都是狗爬式。

當我思考著還是應該返回淺水處時，巨浪迎面湧來。浪比想像中的還要高，甚至超過我的身高。周圍的人歡聲四起，但老實說我現在根本沒那個心情。

由於之後的人造浪間隔很短的時間便湧來一次，導致換氣也很費勁，更何況一之瀨還緊抓著我。我感受到透過泳裝的柔軟觸感……但我現在根本沒心思考慮這種事。她如無尾熊般纏住我，令我沒辦法順利在水中跳躍。

好不容易抱起一之瀨，卻因為周圍人潮密集而無法返回岸邊。

我開始焦急，心想這下不妙，所幸海浪慢慢減弱。

「我還以為會死掉……」

一之瀨有氣無力地低喃，隨後立刻拚命辯解：「啊！我可不是不想死喔。只是不想溺死而已。」

「……我知道了啦，快點下來。」

我對依然緊抱著我不放的一之瀨如此說道後，她才突然意識到，趕緊從我身上下來。我就在無法看清她表情的情況下，兩人一語不發地離開泳池。

我們邊玩邊休息直到天色漸漸變暗，開始感到一絲寒意。室外泳池亮起燈後，遊客也陸續離開。

我們也差不多該回家了，最後進入以洞窟為主題的溫泉水池。寒冷的身軀因為熱水暖呼呼的，很是舒服。一之瀨也闔上眼皮，看起來很放鬆的樣子。

「我想一直待在這裡。」

坐在我身旁的她，白皙的肌膚泡得泛紅。

「我明白妳的心情，可是皮膚會變得皺巴巴的喔。」

我仰望著天花板說道，橘色的燈光有點刺眼。

「真不想回家……」

「我會再帶妳來的。」

「我不是那個意思，而是想就這樣遠走高飛。」

一之瀨發牢騷似地嘆了一口氣。

我想起高中時期的自己，低喃道：「就是說啊。」

我閉上雙眼，身邊傳來「要是能這樣死掉就好了」的聲音。

我在心中嘟囔道：才不會讓妳稱心如意！

離開泳池搭上計程車之前的事情我都還記得，不過我一上車好像就睡著了，等計程車司機叫醒我，才發現一之瀨靠著我的肩膀也進入夢鄉。

「回家路上小心喔。」

我打著呵欠說道，一之瀨揉著眼睛輕聲回答：「好。」

回家路上，每當冷冽的夜風撫過肌膚，我都會打一個大噴嚏。
本來打算買晚餐回家，但我連繞去便利商店的精力都沒有。
都二十歲了還狂歡玩到筋疲力盡，連我自己都覺得很無言。
我還有辦法再陪那傢伙玩一陣子嗎？
運轉著不靈光的頭腦，得到的卻只有噴嚏。

3

在我捨棄壽命的第二次八月十九日，星期三，陰天。
跟一之瀨去泳池的隔天早上，一睜開眼睛就感覺身體狀況不對勁。
好像發燒了，喉嚨好痛。想坐起身子卻覺得倦怠的身體十分沉重。
咳嗽得很嚴重。
似乎是感冒了。
我也懶得站起來，只好往後倒，再次仰躺在床上。
深吸一口氣再吐出來，連咳嗽也一起出來了。
離煙火大會還有三天，我竟然偏偏在這種時候感冒。
早知道就先買感冒藥備用了。「捨棄壽命的人還注重什麼健康啊，蠢不蠢。」真想把當時樂觀思考的自己揍一頓。

不過，事到如今再後悔，也無法改變已經感冒的事實。

既然如此，乾脆倒流時光，趁昨天買好感冒藥服用？

如果身體著涼是原因，不要去泳池就好了吧？

我望向擱在桌上的銜尾蛇銀錶。

……不行，昨天的事我不想當作沒發生過。

假如要倒流時光，也只能回到與一之瀨分別後。我從昨晚就有倦怠感了，只要在睡前服用感冒藥的話，或許會好一點吧。

當我正要從床上伸手拿起銀錶的瞬間，房門被打開了。

「沒想到你竟然會連續兩天早起……」

走進房間的一之瀨，露出一副宛如發現傳說生物土龍般的驚訝神情。

我慌慌張張地做出要她別靠近的手勢。說是手勢，其實就跟趕狗時做的動作一樣。走開！走開！

不過，一之瀨卻一臉充滿好奇心地靠了過來。

「我感冒了。」

擠出來的聲音沙啞得連我自己都嚇一跳。

「咦……真的嗎？」

大概是以為我在開玩笑吧，只見一之瀨把手放在我的額頭上。我來不及躲避，她的手冰冰涼涼的，我根本不想揮開。

「好像真的發燒了呢，最好去看醫生吧？」

「……我不想去。」

「別說這種孩子氣的話，還是去看醫生比較好啦。」

一之瀨像哄小孩般勸說我，但我還是搖頭拒絕。要我在虛弱的時候去人多的地方，不如死掉算了。

「你就這麼不想去嗎……」

一之瀨一籌莫展地走出房間。

過了短短幾分鐘回來後，她將打濕的手帕放到我的額頭上。

「那條手帕我今天還沒有使用，是乾淨的，你就先用它忍耐一下吧。」

手帕吸收體熱，感覺比剛才舒服了許多。

「如果不想去看醫生，至少吃個藥比較好吧。」

我打開手機的記事本，輸入「沒有藥」，秀給她看。

「你把錢給我，我可以幫你去買……」

我本想在麻煩她之前讓時光倒流，但就算返回過去，也未必能治好感冒。頭腦鈍鈍的，懶得思考，決定把錢給她，請她幫我買感冒藥和退熱貼回來。

「我出門囉。」我對正要走出房間的她虛弱地揮了揮手。

一之瀨一離開，房間安靜得可怕。我數著銜尾蛇銀錶微微傳來的秒針聲，等待她歸來。

等我回過神來，發現自己位於以前就讀的小學校園。

我馬上就理解這是在夢中，而且我做過好幾次同樣的夢。
學校在舉辦運動會，穿著運動服的我，視線跟當時一樣高。掛著萬國旗的校園裡擠滿了學童和家長。
我試圖在其中尋找自己的父母。
不是養父母，而是尋找我的親生父母。
事實上我在小學低年級時，每次學校舉辦運動會，我都會在人群中尋找父母。暗自期待他們或許會混在其他家長中來看我。
我真是笨得無可救藥。因為不想讓他們看見我表現遜色的模樣，我每年都拚命地奔跑。明明沒有任何人為我加油。
不過，在夢中總是會出現疑似我雙親的人物。父母親的臉都蒙上一層白霧看不清楚。我想接近他們，老師卻抓住我的手臂，企圖帶我離開。在我抵抗的期間，兩人的身影便逐漸消失，夢到這裡我就清醒了。
這次我也看見臉部蒙上一層白霧的兩人，可是我已經不打算接近他們。
這是夢，我已經不再為別人奔跑。
我撿起腳邊的石頭扔向他們，兩人便瞬間碎裂四散。看著粉碎的兩人，我的內心並未因為受到罪惡感折磨，但心情也沒有變得暢快。
當我正想離開現場的瞬間，後方傳來一道呼喚我名字的聲音。
我回過頭，看見死神站在那裡。

她露出同樣陰森的笑容，對我如此說道：

——**你一定會後悔捨棄壽命**。

「相葉先生！相葉先生！」

我睜開眼後，與表情不安的一之瀨四目相交。

「你剛剛一直在呻吟，還好嗎？」

她一邊擔心我，一邊用手帕幫我拭擦臉上的汗水。

我發出連自己也覺得憂心的沙啞聲音回答：「我沒事。」

「我買了粥回來，馬上去弄給你吃。」

一之瀨把退熱貼貼在我的額頭上，並從上方撫摸著我的額頭，溫柔地微笑。我覺得有點難為情，在她的手離開我的額頭之前都不敢與她對視。

沒想到我竟然會讓尋死少女照料……

我呆愣地看著天花板，想起小時候。

從小體弱多病，卻討厭受到養父母照顧，藥也不吃，就知道逞強。教育旅行坐巴士暈車時，好像也因為不想給周圍的人添麻煩而硬撐。

所以，像這樣生病受人照顧，讓我覺得渾身不對勁。而且還是被年紀比自己小的女生照顧，實在太丟臉、太難堪了。

即使如此，我依舊沒打算伸手拿銀錶，而是繼續等待她回來。

這種時刻才應該逞強吧……真是遜斃了。
當我陷入自我厭惡時，一之瀨從廚房回來。
「相葉先生，起來。粥做好了喲。」
一之瀨為我做的是雞蛋粥。「不過是料理包就是了。」她一臉抱歉地說道，但因為我什麼都沒吃的關係，看起來十分美味。
不過，她用的碗我沒看過，也不記得自己有買過碗。因為我三餐都吃便利商店的便當或杯麵湊合，也從來不認為家裡需要碗。
當我目不轉睛地盯著碗看時，被一之瀨發現。
「這個嗎？我買來的。」
她露出一副想說「還不是需要用到」的表情。從以前就一直勸我最好買電鍋和碗來自己做飯，結果我還是沒買。
「我本來想煮像樣一點的粥給你吃的，但你家只有燒水壺。」
「只要有燒水壺就能生活了。」
「你就是因為老是吃杯麵才會感冒啦！」
我坐起來喝一之瀨買給我的盒裝蘋果汁。
「來，嘴巴張開。」
一之瀨用湯匙舀起雞蛋粥，湊到我嘴邊。
我正想說出「我自己吃」的瞬間，湯匙就進入我的口中。

「好燙！」

我反射性地大叫，連忙喝蘋果汁降溫。

「對不起，你沒事吧？」

她再次舀起一匙雞蛋粥吹涼。

「這次一定不會燙。」

然後又一次送往我的嘴邊。

我不張嘴，一之瀨歪著頭問我：「怎麼了？」

「我自己吃。」

不過，一之瀨要我別客氣，不肯把湯匙遞給我。

「我不是在跟妳客氣，讓中學生餵食太難為情了啦！」

一之瀨聞言，目瞪口呆地詢問：

「很難為情嗎？」

「廢話！」

我如此回答後，一之瀨便眉開眼笑。

「那我來餵你吃。」

她將湯匙湊到我的嘴邊；我閃避湯匙，繼續抵抗。

「就說不用了嘛！」

「誰教你有時會公主抱我，令我難堪。你也應該嘗嘗這種滋味。」

一之瀨的眼神是認真的，她摁住我的身體，並把湯匙塞過來。我拚命抵抗，但體力馬上就耗盡，最後只好死了這條心，張嘴讓她餵食。

「好像在餵小動物一樣，真好玩。」

「別拿病人尋開心啦。」

吃完雞蛋粥後，終於能服用感冒藥。藥粉超級苦，我想利用喝蘋果汁將藥粉吞下肚，結果反而強調了藥粉的苦味，苦得我皺起眉頭。吃完感冒藥後，一之瀨面帶微笑地誇獎我：

「真勇敢。」

「別把我當小孩啦！」

我背對她躺下後，後方傳來嘻嘻的嗤笑聲。

之後一之瀨也時不時幫我替換退熱貼或（強迫）餵我吃果凍，一直照顧我。

「我可能會把感冒傳染給妳，妳去其他房間啦！」我再三勸告，她卻沒有離開床前的打算。我只好用棉被遮住咳嗽，但每次咳嗽不止時，她便會靠過來摩挲我的背。

「妳靠這麼近，真的會傳染給妳喔。」

「我一直想死，感冒根本不算什麼。」

一之瀨一如往常若無其事地直言道。

「妳還沒放棄自殺嗎？」

我邊咳邊問，一之瀨撫摸著我的背回答：

「還沒啊，所以一個將死之人哪裡害怕得什麼感冒？」

「一個將死之人也沒必要照顧病人吧。」

「恰恰相反吧。既然快要死了，希望至少在最後能報答你的恩情啊。」

「我又沒做什麼值得妳報答恩情的事。」

「我之前也說過了，我是很感謝你的。你願意擔心我這種人，每天來找你玩也不會生氣，還幫我出錢……」

「用不著在意那種事啦！」

「如果……」我追加一句：

「如果妳還是想要報恩的話，我希望妳放棄自殺。」

怎樣都行，只要妳活著就好。

不過，一之瀨回答：「這我做不到。」

「……你為什麼想要阻止我自殺呢？」

「我不是經常掛在嘴邊嗎？因為我希望妳活下去。」

「不是的……我是想知道你為什麼希望我活下去？」

我無言以對，並非找不到答案，而是經過這一個月與她共度的時光，我發現自己的表面話與真心話就快要調換過來。

想必，那絕對不能宣之於口的真心話就是真正的答案吧！

「我不知道。」

所以，我佯裝不知繼續敷衍下去。

因為我想維持現在的關係，即使多一秒也好。

「……你不知道理由，過去卻一直妨礙我自殺嗎？」

「可能有什麼理由吧！」

我一副事不關己地回答後，一之瀨便沒有再說一句話。

隔天早上，多虧一之瀨的照顧，我的身體輕盈了許多。這天她也雞婆地逼我吃蘋果，照這樣下去，應該後天之前就能康復了。

「看來可以去煙火大會了呢！」

結果我還是無法讓她在煙火大會前放棄自殺。煙火大會後她是否又會回到不斷自殺的日子呢？至少在照顧我的這段期間她應該不會自殺吧。我對感冒快要治好的這件事感到有些遺憾。

「說到煙火大會，幸好沒有遇到颱風天。」

「颱風？」

「不是有颱風要來嗎？聽說明天會在這一帶肆虐喲。」

「我因為感冒臥病在床，所以不知道。」我找藉口說道後，一之瀨傻眼地回嘴：「去泳池之前，電視就在大幅報導了好嗎。」

「這樣的話，妳明天應該就不能來了吧？」

「我應該會乖乖待在家，你也要好好休養喔。」

「不用妳說，我明天也會在家睡一整天，要是感冒又復發就糟糕了。」

我如此回答後，她靜靜微笑。

「我說，相葉先生。」

一之瀨以有些害羞又有些畏懼的表情說道：

「我是否有稍微回報到一點你的恩情呢？」

真的不用在意那種事情好嗎。

「嗯，有妳在真好。」

我使勁撫摸她的頭，儘管頭髮被我弄得亂七八糟，一之瀨還是難為情地笑了。

實際上，有她在我真的很安心。我一直以為感冒就是獨自挺過的，沒想到有個人在身邊照顧，竟然差別如此之大。

因為我一直獨自硬撐，才會連這種事都不知道。

「回家路上小心喔。」

「好，你也要保重身體喲。」

回去時，一之瀨看著我的臉微微一笑。

「相葉先生，再見。」

聽見玄關大門闔上的聲音，我慢慢閉上眼瞼。

隔天，一之瀨進行了第二十次自殺。

4

在我捨棄壽命的第二次八月二十一日，星期五，下雨。

這一天，一之瀨進行了第二十次自殺。

我是在隔天的八月二十二日才得知她自殺的消息。

我只能說我疏忽大意了。

一之瀨自殺的那天，我沒有查詢她的安危。

因為我堅信她不可能在煙火大會舉辦完之前自殺。

我沒料想到她會選擇在颱風天自殺。為了隔天的煙火大會，我想好好休養感冒初癒的身體，再多窩囊的藉口我都找得出來。

叮嚀我好好休養身體的，明明是自殺的她。

站在一之瀨的角度來看，大概沒有比這更適合自殺的日子了吧！而我卻偏偏在這天放鬆警戒，真是令人惱怒、悔恨不已。

一之瀨自殺的隔天，二十二日，我早晨就醒來了。因為整天躺在床上休息，我找回了生活步調，自從感冒後生理時鐘便自動會在早上醒來。

在床上躺了一會兒後，即使到了一之瀨平常會來的時間，也沒有聽見任何動靜，於是我開始起疑。

我離開床鋪察看其他房間，果然不見一之瀨的身影。

反倒看見客廳的矮桌上放著一些沒見過的紙鈔和零錢。
我心生疑惑地拿起紙鈔後，一張收據從下方飄落在地板上。我看見收據，才終於意會過來是拜託一之瀨買感冒藥時找回的零錢。
當我正想撿起掉落在地板上的收據時，看見背面寫著一段文字。
「謝謝你過往對我的照顧。」字跡圓圓的……
那一瞬間，我全身失去血色。
手中握著的零錢掉落在地，響起刺耳的聲音。
我心慌意亂地在網路找尋新聞，結果顯示出一堆煩人的畫面，映入眼簾的全是關於颱風的報導。我甚至太過焦急，不小心按到無關緊要的廣告，變得愈來愈煩躁。
後來我花了十幾分鐘才找到寫著「女中學生跳軌身亡」的報導。發生事故的車站是一之瀨經常跳軌自殺的那個車站，年齡也一致。當我看見上頭寫著「發生事故是二十一日的早上八點左右」時，有一瞬間想說應該已經來不及了，差點放棄。
不過，手機顯示的時間是二十二日的早上七點前。
考慮到事先前往車站堵人的時間有點岌岌可危，但應該還來得及。
我將時光倒流後立刻叫了輛計程車，拿起錢包跟塑膠雨傘就奔出家門，但因為塞車的關係只能等待計程車來。明明還沒進入暴風圈，卻已下起滂沱大雨，天空一片灰色，引發我的不安。
下了計程車後，我爬上冗長的階梯又順階而下，終於來到月臺。

時刻是八點二分，月臺上沒有異常……看來是趕上了。

接下來只要找到一之瀨，妨礙她自殺就好。

倒流時光前我在社群平臺上蒐集情報，確認數件「眼前發生傷亡事故」「可能是自殺」這類的發文，每則都是八點十分以後才發文的，因此可以推斷事故是在八點十分前發生的。

由於時間緊迫，我只能調查到這些資料，但問題不大。

這個車站與市中心的大車站不同，只有一個月台，只要盯著上行和下行電車就行，雙向都是十幾分鐘才來一班車，正好下行電車才剛駛離。

一之瀨跳軌自殺的，肯定是八點七分發車的上行電車。

我有一大堆事情想要問她。

從那張收據來判斷，她顯然事先計畫好要自殺。依舊存有尋死念頭的她，會選擇最難以受人妨礙的日子是十分合乎邏輯的。

不過，我還是不敢相信，我以為她會信守承諾，直到煙火大會那天都不會輕生。我希望她在自殺前能找我談心，我想助她一臂之力，想包容她的不安，想站在她那邊支持她。

我們的關係只靠一張收據就結束了嗎？

我從鼻子發出冷笑，心想之前也發生過這種事呢，是我誤以為我們的感情還不錯嗎？不過，就算是誤會，我也——

「哇！好大的雨啊！」

一名年輕女性的說話聲音傳進耳裡，我停下腳步。

我的視野前方正下著傾盆大雨。

在我思考事情的時候，不知不覺來到月臺的尾端。

再往前走就沒有屋頂，沒有人在月臺的末端等車。

也不見一之瀨的身影。

回頭往後看也是同樣的情景。

因為一之瀨出乎意料的自殺分散了我的注意力，沒有考慮到月臺末端是什麼狀況，我自然而然地斷定她會一如往常地出現在那裡。

已經過了八點五分。我忐忑不安，在人群中鑽來鑽去尋找她的身影。

——快點出來吧！

我加大步伐，然而再怎麼尋找，卻依舊尋不著她的蹤跡。

列車到站的動態看板上跑過「電車即將進站，請勿靠近月臺邊」的文字，同時響起廣播。

若是不能在這裡阻止她自殺的話，一切都將劃下句點，她在哪裡？還是她臨時改變心意，不自殺了？要賭接下來不會發生事故嗎？

不，不行。要是一之瀨自殺的話，一切都完了。

如果我有時間蒐集情報，事情就不會演變成這種地步了。可惡！為什麼我沒有確認她的安危啊！

設置在柱子上的緊急停止按鈕映入我的眼簾。

只要按下這個按鈕，肯定能阻止自殺。
不過，讓電車停止，我付得起賠償金嗎？
……蠢不蠢啊，事到如今我還想著怎麼明哲保身嗎？
怎樣都無所謂。
我——想再次見到她。
當我將手伸向緊急停止按鈕時——
有人從後方抓住我的肩膀。
我以為是她，回過頭。
「不是一之瀨月美，失望了嗎？」
站在我身後的，是笑容陰森的死神。
我揮開她抓著我肩膀的手，再次將手伸向緊急停止按鈕，卻被阻止。
「她不在這裡喲。」
說話語氣帶著嘲諷。
「不在？怎麼可能……」
「未來改變了。」
電車轟隆作響，駛進月臺。
不過卻平安無事地停下，打開車門讓旅客下車。
「這是怎麼回事？」

「我想你應該不知道吧，一之瀨月美在與家人發生爭執時決定自殺。但因為是衝動性自殺，所以沒有事先計畫，在一時衝動的情況下，也會下意識決定用什麼方式自殺。不過，有個法則連她本人也不知道。」

「一之瀨也不知道的法則？」

「是的，她雖然沒有特別堅持用某種方式自殺，但絕非是『偶然』跳橋或『偶然』跳軌自殺。我來揭曉謎底吧，她只有在被姊姊們尖酸刻薄地對待，自尊心受創時才會選擇跳橋自殺，被父親怒罵時，則會自暴自棄，選擇跳軌自殺。」

「會根據原因而下意識地選擇自殺方式嗎？」

「正是如此。雖說是下意識選擇，但如果並非偶然，未來便不會產生變化。所以你過去才能順利妨礙她自殺。」

一陣強風吹來，地上的空罐發出「喀啦喀啦」的滾動聲響。

「那麼未來為什麼改變了？」

我如此詢問後，死神便發出笑聲。

「有什麼好笑的？」

「你還不明白嗎？改變未來的是你啊，相葉先生。」

「我？」

「是的，在與你共同度過的這段時光，她開始害怕死亡。比如說，她之所以大多從月臺的末端跳軌自殺，是因為她對尋死一事沒有迷惘，死意堅決。不過，在與你度過的時光中，漸漸填補了引發她自殺主要原因之一的孤獨感，讓她對尋死一事產生了猶豫。結果會發生什麼事……你應該心裡有數吧？」

我想起她的第十九次自殺。當時一之瀨打算從月臺的正中央附近跳軌自殺，而不是月臺末端。那時我以為她是為了擺脫我尾隨才刻意做出那種舉動，原來是在猶豫是否要跳軌自殺嗎？

即使是下意識，但如果只憑本能而讓自殺的手段模式化，便說明了她擁有強烈的意志。不過，若是因為產生迷惘而打破了自殺模式，就好比是以擲骰子來決定自殺，這代表一之瀨的狀態比過去更不穩定。

「一之瀨現在人在哪裡？」

死神露出心滿意足的笑容，回答：「不知道在哪裡呢。」看見她的表情，我確信已發生最糟糕的事態。

「我之前說過你使用銀錶的方式很無趣，如今我收回這句話。你的使用方式很有趣。讓那樣天真無邪的女孩在生死交關之際痛苦不堪……莫非你和我有相同的興趣？」

「你現在還有心情開玩笑！不快點的話，就來不及了！」

我的聲音引起周圍人的注視，但死神依舊維持一貫的態度。

「我能讀取人心，但不在附近的人，我可看不穿她在想什麼。不過，她似乎在某些奇怪的地方責任感特別強，既然寫下那種留言，應該企圖在某處自殺吧。」

死神悠閒地說道；我怒瞪了一眼後，邁步奔馳。

背後傳來死神的聲音。

「既然她不在這裡，我猜就只剩那裡可去了吧！」

用不著妳說，我也打算去老地方的那座橋。與其將可能性賭在平交道或其他車站，不如全賭在那個地方。

我離開車站，撐著傘奔跑。

風強得使我無法隨心所欲地前進。

我考慮報警，但手機根本不在口袋。無論我再怎麼整理記憶，將手機放到桌上後，就沒有拿起來的印象。

這下子也沒辦法叫計程車了，就算叫了也可能只能乾等。

我乾脆豁出去一股腦兒地死命奔跑。傘被狂風吹斷，我扔掉斷了的傘，全身濕透繼續奔馳。衣服黏在身上很重，每次踩中水窪鞋子裡就進水，導致鞋子也愈來愈沉重，最後也分不清究竟有沒有踩中水窪。

來到河岸時，我的雙腿發抖，體力也到達了極限。不過，看見水位升高的河流，我還是不停歇地繼續奔跑。

橋映入我的視野，瞇起眼睛確認隱約能看見橋上有人影。

在這種暴雨中連傘都不撐的人，只有一之瀨了。

不過，她似乎已經站到欄杆外。

「一之瀨！不准跳！」

我使出吃奶的力氣大聲吶喊。

不知道她有沒有聽見，因為就算被狂風暴雨或滾滾濁流遮擋住我的聲音也不足為奇，儘管如此我依然不斷吶喊，直到聲音能傳到橋上為止。

我奔馳在看起來比平常還要漫長的橋上。要是她跳下去，我已經做好心理準備跟著跳下去，到河裡尋找她。

「一之瀨！」

我抵達站在欄杆外的她身後呼喚她。

於是，背對著我的一之瀨轉過頭。

「相葉先生……」

她發出微弱的聲音，雙眼通紅得像是在哭泣，雙手則是顫抖著抓住欄杆。

我抓住她纖細的手臂，說服她回到欄杆內，她卻搖了搖頭。

「我兩腿……兩腿發軟，動彈不得。」

我望向她的雙腿，果然癱軟無力顫抖個不停。

「我抓著妳，妳慢慢移動就好。」

一之瀨微微頷首，動作僵硬地試圖改變身體方向。

當她的右手與右腳離開橋的瞬間，一陣強風吹來。

一之瀨失去平衡，左腳也跟著離開橋面。

「呀啊啊啊啊！」

我立刻用盡全力握住差點跌落橋下的她的手臂。

不過，因為被雨淋濕的關係，她的手快速從我手中滑落。

正當我已經做好要跟她一起墜落的心理準備時，正巧抓住了她的手腕，順利阻止她滑落。

「好痛！」一之瀨發出痛苦的聲音。

我死命伸出另一隻手抓住一之瀨的手臂，將她向上拉。

她的雙腳踩到橋面後，隔著欄杆緊抱住我。

我撫摸著她的背，叮嚀她：「我會抱妳上來，絕對不能放手喔。」於是一之瀨一語不發地點了兩次頭，用力抓住我的肩膀。

我抱起她退向後方。雖然她的腳卡住但身體已越過欄杆，我的體力也同時消耗殆盡。雙腿使不上力就這麼抱著一之瀨倒向後方。

雨打在身上，能聽見的只有雨聲、濁流聲和一之瀨的啜泣聲。橋上化為只屬於我倆的世界。

「……妳為什麼想要自殺啊？」

一之瀨將臉埋在我的胸口，哭哭啼啼地說：「承諾……」

「我想說只要打破承諾……你就會……討厭我……」

等我聽懂一之瀨所說的話時，覺得她可愛至極。

我仰躺在橋上，溫柔地緊抱住壓在我身上的她，摩挲她的背部。

「我怎麼可能因為那種事情就討厭妳呢？」

她抽泣的聲音，響亮得不輸雨聲。

我曾經看過幾次一之瀨哭泣的模樣。

並非嚎啕大哭，而是強忍著淚水，臉頰滑落一滴淚，默默哭泣。

就連我拿一百萬給她時，她也不肯讓人看見她流淚的模樣，看似柔弱，實則堅強。

與如今在我懷中抽抽噎噎的她截然不同。

她的淚水宛如決堤般不斷湧出，顫抖著身體發出哽咽。我從現在的她身上已感覺不到以前的堅強，就只是個軟弱哭泣的少女。

是我把她逼到這個地步的。

我懷抱著前所未有的安心感，同時也湧現出前所未有的罪惡感。

各式各樣的情感交織在一起，我的內心泥濘不堪，卻沒有雨水為我沖刷乾淨。

屬於我倆的世界一直持續到她的啜泣聲輸給雨聲為止。

5

我拉著啜泣的一之瀨的手，在雨水的拍打下回家。

我勸淋成落湯雞的她趕快去沖澡，她卻佇立在玄關，邊哭邊客氣地要我先去，於是我只好直接把她推進浴室，讓她先使用。

我把她濕透的衣服扔進洗衣機，放好自己用來當睡衣的運動服讓她替換。纖瘦的一之瀨穿起來一定太過寬鬆，想必她也不想穿我的睡衣吧，但如今只能請她忍耐了。她沖完澡走出浴室時果然用手拉著鬆鬆垮垮的褲子避免它掉下來。

一之瀨雙手抱膝低著頭坐在房間角落，似乎已停止哭泣，但雙眼依然通紅，身體也還在顫抖，自己緊抱著自己似地坐著。

處於這種狀態，放她一個人獨處沒問題嗎？我雖然擔心，卻不知道該跟她說些什麼才好，只留下一句「乖乖待在那裡」就去沖澡了。

我洗完戰鬥澡回到房間後，發現一之瀨就這麼坐著睡著了。大概是哭累了吧。我輕輕將她抱到床上避免吵醒她。

然而就在我幫她蓋好棉被正要離開時，在床前摔倒一屁股跌坐在地。

這一帶似乎已進入暴風圈，斜腳雨拍打著窗戶，風聲陣陣呼嘯。

我一直注視著與外頭形成對比的一之瀨安穩的睡臉。

她往後還會繼續自殺嗎？

我已經妨礙她自殺二十次了。不過，這或許是最後一次。當她下次自殺時，我已經沒有信心能比她先到達自殺現場。

看見柔弱哭泣的一之瀨，我很心痛。但即使如此，我依舊不打算改變心意，我希望她活下去，她本人也產生了迷惘。

就差一點點……真的只差臨門一腳了。

還有什麼事是我力所能及的嗎？

我伸出手想要撫摸睡著的她的頭，但終究還是打消了念頭。

在颱風漸離的傍晚時分，一之瀨醒了過來。

我對仍半夢半醒的她道早；她聽見後有些害羞地輕聲回應「早安」。

她似乎是想起在橋上所發生的事；我也因為緊抱住她的事而感到有些難為情。我訓誡自己「幹嘛對一個中學生戰戰兢兢的啊？」但沒有效果，好一陣子一句話都說不出來。

「那個……我借一下洗手間喔。」

沉默數分鐘後，我對從棉被蠕動出來的她回答：「好。」

隨後聽見一之瀨發出尖叫，我反射性地望向她所在的方向。

看來是忘記借了我的睡衣穿，沒有提著褲頭就站了起來。

滑落的褲子掉到腳邊，一之瀨連忙蹲下，內褲我總沒辦法借給她吧。

一之瀨察覺我的視線後，滿臉通紅咬著嘴唇，淚眼汪汪地望向我。我挪開視線面對牆壁說道：「我什麼都沒看見喔。」

一之瀨逃也似地離開房間，連耳朵都紅了。

不過，她從廁所回來後耳朵卻更加通紅。

「相葉先生！那個！」

她一改剛才溫順的態度，怒氣沖沖地衝過來。

顫抖著身軀指著掛在隔壁房間的衣服和內衣褲。

「你幹嘛晾起來啊？」

「不是啊，沒有晾乾妳怎麼回去？」

「我不是這個意思！我自己會晾，你幹嘛擅自幫我晾啦！」

「因為妳睡著了啊……」

我如此回答後，一之瀨脹紅了臉彷彿就要爆發一樣。她原本想說些什麼，最後還是沉默不語，忍住怒氣將自己關在隔壁房間。

之後，房間偶爾會傳來「好想死」的聲音。

本來就煩惱該怎麼找話題跟她聊天了，結果現在氣氛更加尷尬。必須在她回家之前說服她別再自殺……

不過，在現在這種狀況下說什麼都沒用吧，而且我也沒有勇氣向她攀談。

就這樣過了下午六點，我為了引誘一之瀨而點了外送披薩。

收到披薩後，我敲了敲她閉門不出的房門，對她說：「要不要一起吃披薩？」她沒有回應，但數分鐘後便鼓著臉頰走出房門。

雖然在同一個空間吃，但一之瀨背對著我依舊沉默不語。氣氛很是尷尬，必須找話題打破這個僵局不可。

「已經這麼晚了啊！妳今天就搭計程車回去吧，我出錢。」

不……我在說什麼啊，怎麼可以就這樣讓她回去？

於是，一之瀨轉頭看向我，低喃般地說道：

「我不想回去。」

雖然聲音小得難以聽清，但她確實是這麼說的。

「妳不想回家嗎？」

「……就算回家……也沒什麼好事發生……」

這還是一之瀨第一次說她不想回家。一時語塞的她一邊觀察我的反應，像個孩子一樣做出雙手食指互碰的扭捏動作。

就連遲鈍的我也能輕易地猜出她想說什麼。

「那妳要留下來過夜嗎？」

我如此說道，一之瀨有些吃驚地詢問：「可以嗎？」

「我是無所謂啦，但如果妳要留下來過夜，至少要打電話通知家裡。」

一之瀨鬆了一口氣地回答：「那我就留下來好了。」

雖說跟家人感情不好，但徹夜不回一定會引發問題吧。我把手機借給一之瀨，讓她打電話跟家裡說一聲。我內心對讓未成年女孩過夜一事感到有點拒抗，但總不能就這樣放她回家。

她似乎騙家人說要在朋友家過夜，但隨後嘴巴又叨念著「家人也知道我根本沒有朋友，早就看穿我在說謊了」、「他們根本不在乎我的死活」這類的話，鬧彆扭鬧了一會兒。

等到收拾完垃圾，一切都整理妥善後，已經超過晚上九點了。

一之瀨跟我這個夜貓子不同，她說她總是十點前睡，所以我決定今天配合她的作息，看來要明天才能好好跟她談談了。

不過，這時發生了一個問題。

——我家只有一條棉被。

「我去睡客廳沙發，妳去床上睡。」結果一之瀨回答：「白天我占了你的床，晚上你就睡床上吧。」

兩人僵持不下，即使我猜拳贏了，也不過是開啟新一輪「由贏的人來決定要睡哪裡。」「不，輸的人要睡沙發吧。」「不對，我要睡沙發。」這種無聊的爭奪戰，無論經過多久都無法就寢。

爭論到最後，形成我倆肩並肩仰躺在床上的局面。

提出「那要不要一起睡？」的是一之瀨。我起初以為她只是在開玩笑，但結果我們就這樣一起躺在了床上。我當然沒有真的要和她同床共枕的意思，而是打算等她入睡後自己再跑去沙發睡。

我關掉房間的電燈後，月光從窗外灑落，明亮得甚至能讓我窺見身旁一之瀨的模樣。

「晚安。」

「晚安。」

兩個人並肩睡在單人床上有點擠，只要稍微動一下就會撞到對方。我從仰躺的狀態翻身側躺後，她也剛好側向這邊，我們四目相交，在這麼近的距離下看她的臉是很難得的機會，一之瀨一臉難為情地用棉被遮住臉龐。

我閉上眼假裝睡覺，房間裡很安靜，不過偶爾能聽見汽車奔馳的聲音或風聲。我試著不去在意身旁散發出來的洗髮精甜蜜的香氣。

偷偷睜開眼睛想要確認一之瀨睡著了沒，結果又與她對上眼，嚇了我一跳。

「妳還沒睡嗎？是睡不著嗎？」

一之瀨點點頭。

「畢竟我一直睡到傍晚嘛。」

「你也睡不著嗎？」

「因為我這幾天一直臥病在床嘛。」

之後我也與時不時看向這裡的她四目相交，多次移開視線。

「我說，相葉先生。」

「嗯？」

「那個……對不起，總是給你添麻煩。」

看見一之瀨露出憂慮的神情，我心想：別擺出那種表情啦。

「幹嘛突然這麼說？」

「我之前就一直很想向你道歉了，但總是說不出口……」

「是我心甘情願的，沒必要道歉。」

「可是……」一之瀨欲言又止。

「不過，我希望妳別再因為想讓我討厭而跳橋自殺了。」

我苦笑道，一之瀨便再次道歉：「對不起。」

「我不是在責備妳。只是，妳這樣做會害我更難受。」

要是我沒有發現她自殺的話……光是想像就令我痛心不已。

「……妳還想再自殺嗎？」

面對我的提問，她回答：「我自己也不知道。」

「我本來以為可以輕易跳下去。可是今天的高度看起來比平常高，害我不敢跳。所以我才會雙腿發軟沒辦法回到欄杆內……」

一之瀨憂鬱地說道，身上散發著哀愁。

「我姊常說我根本沒有勇氣自殺……我一直在心中否定『沒有這回事』，結果被我姊說中了。虧我還常常把想死掛在嘴邊……我真是個膽小鬼。」

她自嘲地笑道；我握住她的手，一之瀨看著我的臉。

「哪有人不怕死啊？自殺的人只是碰巧自殺成功，並不是有勇氣。所以，別說那種話。」

她回握住我的手，輕輕搖頭。

「就算我不是膽小鬼，我也討厭自己。不敢上學、變成家人的負累，還給你添了不少麻煩，卻死不了，我覺得自己真是窩囊……」

一之瀨眼眶泛淚，手不停地顫抖。

我繼續握著她的手。

「我說啊，一之瀨，我從來不覺得麻煩。而且不敢上學，錯不在妳吧。」

「我被欺負已經是兩年前的事了，家人會說我『一直對以前的事耿耿於懷，只是在逃避而已』，我也無法反駁……」

「不對，妳從很久以前就在煩惱了吧？既然在妳心中這件事還沒有解決，就不算以前的事。妳沒有逃避，而是忍耐了兩年。」

「可是……這樣下去只會惹人嫌……」

淚水從一之瀨的眼眸撲簌簌地滑落。

「我活著也會給媽媽帶來困擾……她說她再婚是為了讓我去上學，還埋怨我為什麼不配合一點……」

從窗外灑落的月光將她的眼瞳照射得如寶石般熠熠生輝。

我用手指擦拭她滑落的淚珠，溫柔地撫摸她的頭。

「雖然說這種話很難為情，也安慰不了妳什麼，但我覺得能認識妳真好。不過，要是妳正常地去上學，跟家人相處融洽的話，我們肯定就不會相遇了。」

起初我只是想要消除我的罪惡感。

然而卻在不知不覺中變得真心想要幫助她。討厭與人來往的我之所以會萌生這種念頭，是因為一之瀨沒有朋友，跟家人也處不來的關係。

正因為她孤單一人，我才能全力以赴。

「因為妳忍耐著沒有自殺，我們才會相遇。所以，我希望妳不要責備自己。保持原狀就好，妳沒有必要改變自己。」

一之瀨壓低聲音哭了出來，她的淚水已經多到我無法用手指擦乾的地步，我把手繞到她的背後安慰似地摩挲著，她便緊挨過來抓住我的衣服，把臉埋進我的胸口，溫暖的淚水沾濕了衣服。

「就算你可以接受……周圍的人卻不允許。」

身體和聲音都顫抖個不停的一之瀨，如同在橋上看見她時一樣柔弱，但此刻我的內心卻沒有湧現罪惡感。

她已經忍耐了這麼久，我希望她盡情地哭泣，哭到眼淚流乾為止。

「就算周圍的人不允許，我也希望妳活下去。我知道這比改變自己更加困難，即使如此我還是不希望妳自殺。我支持妳，想要助妳一臂之力。」

我並非是想補償我將她逼到如此地步的罪過，只是不想再靠倒流時光阻止她自殺了，我想分擔她的痛苦，多多少少撫平她的傷痛。

「我這個人，比你想像中的……還要脆弱。在家裡總是在哭……也沒有幽默感……只會給別人添麻煩，我這種人……」

我將不斷貶低自己的一之瀨擁入懷中，持續撫摸她的背部。她的身體很溫暖，每當她抽噎時身體都會顫抖一下。她活生生地存在於我的懷中。

「我根本不在意那種事。」

說來慚愧，如今我能為她做的，頂多只有這樣了。

我認為「只要活著，總會遇上好事」根本是不負責任的安慰，我從以前就最討厭這種話。然而如今我卻只能用差不多的話語來安慰她。

即使如此，或許總有一天會出現理解她的人也不一定。

就像我們相遇一樣，只要活著，肯定會有這麼一天。

所以我希望她不要自殺，努力活到那天來臨。

——如果是她，應該能恢復原本的生活。

那天晚上，一之瀨在我懷中一一坦述過往發生的事。

她得知父親來日無多時，不爭氣地掉下眼淚。

然後每天去探病。

放學後為了去醫院而不斷拒絕朋友的邀約。

朋友因此嘲諷她，說她很難約。

開始排擠她，將她視為空氣。

學校的室內拖鞋被藏起來無數次。

筆記本和鉛筆被扔進垃圾桶。

帶去學校的雨傘被偷走，只好淋成落湯雞回家。

因為不想讓父親擔心，始終在父親面前強顏歡笑。

父親葬禮結束後她也一直哭個不停。

同學拿父親過世的事來揶揄她。

下樓梯時被人拿水桶潑水。
母親再婚，家中沒有她的容身之處。
霸凌愈來愈嚴重，她開始不去上學。
繼父抓著她的手被硬拖到學校。
父親買給她的海豚玩偶被扔掉。
在家人面前嘀咕著想死時，希望獲得關愛。
姊姊對她施暴。
母親沒有袒護自己。
在寒冷的天氣中一直在外面流連。
聖誕節看見走在街上的一家人，決定自殺。
企圖自殺，結果被妨礙。
每次被妨礙都不知道該如何是好。
不過，其實對有人擔心自己而感到欣喜。
每當她一時說不出話，我便撫摸她的背部。只能對她說一些隔靴搔癢的安慰話語或隨口附和，連我自己也覺得很窩囊。
說完後一之瀨大概是哭累了，只見她沉沉地睡去。
由於她抓著我的衣服入睡，我只好放棄移動到沙發的念頭。
找完這種欺騙不了任何人的藉口，我也閉上雙眼。

隔天早上我醒來後，一之瀨仍睡在我的懷中。
我本想繼續看著她的睡臉直到她醒來，但她馬上就清醒了。
我挪開視線向她道早安，一之瀨也一臉難為情地回了聲「早安」，彼此若無其事地起床。
拉開窗簾後，昨天的天氣宛如虛假似的，一片令人心曠神怡的藍天擴展在眼前。
一之瀨吃完早餐後，先回家一趟拿衣服。
老實說，讓她一個人回去我有點不放心，但她看著我的雙眼說一定會準時赴約，要我別擔心，我也只能相信她了。
下午六點我們在老地方的那座橋上會合，前往煙火大會。
公園擠滿了來觀賞煙火的人群，我們隨著人潮慢慢前進。
「要是走散就不好了……」
一之瀨如此說道，我們緊握住彼此的手。
抵達之前吹泡泡的草原時，天色已變得昏暗。廣大的草原充滿了遊客，我們也成為其中一部分。
移動到較容易觀賞到煙火的位置後，接下來只需等待煙火施放了。
已經沒必要牽手了，但是我們依然沒有鬆開。
「相葉先生。」
「什麼事？」

「……旁邊的人是我可以嗎？」

一之瀨看著地面說道。

「什麼意思？」

「我是在想……你不跟朋友或……女友來，這樣好嗎……」

「妳覺得我會有女友嗎？」

我如此回答後，一之瀨便露出生硬的笑容。「這、這樣啊。」

「我才抱歉，要妳陪我。」

「不會，我很開心……能跟你一起來。」

她一邊說一邊緊握我的手，頓了一下後，又說：

「還有……昨天晚上，謝謝你。」

「我能做的也只有附和妳說的事情罷了。」

我如此說道後，一之瀨面帶微笑回答：「不，沒那回事。」

「我一直認為能向別人傾訴的煩惱根本算不上是什麼煩惱，擅自斷定因為無法向人商量才叫作煩惱。可是，其實我只是嫉妒別人有人可以訴說心事罷了，我只是想要一個能聆聽我心事的對象。所以，昨天你能聽我說話……我真的很開心。」

我有些害羞地對莞爾一笑的一之瀨說：「那就好。」

「我也覺得能認識妳真好。」

「所以，那個，也就是說……」然後一之瀨有些難為情地接著說道：

「我打算……不再自殺了……」

這時，煙火飛向天空。

地面晃動，周圍的遊客發出歡呼聲。

可是，我們看都沒有看煙火一眼，而是凝視著彼此的臉龐。

一之瀨扭扭捏捏地等待我回答。

我花了一些時間才理解她所說的話。

第二發煙花飛向天空，我同時開口：

「一之瀨，謝謝妳。」

我自己也不知道為什麼會先向她道謝，總之我非常開心她願意放棄自殺而不自覺地脫口而出。

一之瀨也露出不明所以的表情，隨後笑道：「不客氣。」

「相葉先生，煙火真漂亮呢。」

她立刻擺出若無其事的態度說道；我回答她：「是啊。」

可以的話，我想不顧慮周遭人的眼光，大聲表達出自己的喜悅之情。

不過，或許沒必要那麼大張旗鼓地表示歡喜。

現在她只是不再尋死而已。

就真正的意義而言，該欣喜的事情還在後頭。

飛向高空的煙火，隨著震天作響的聲音綻放出絢麗的花朵。

我們手牽著手欣賞著煙火。
我從小就喜歡煙火。
只需仰望發射到天空的煙火就好。
映入眼簾的只有煙火，不會令人感到不悅。
而且就算沒有父母或朋友陪伴也能自得其樂。
唯有在欣賞煙火的時刻，我才能像普通人一樣融入大眾，所以我喜歡煙火。
不過，看來是我誤會了。
我觀察四周後，發現也有許多人沒有在欣賞煙火，而是盯著孩子或戀人的側臉。
我第一次知道，不是只有仰望天空才是欣賞煙火的唯一方式。
當我在一之瀨的眼眸中看見火光燦爛時，才發現這件事。

6

我在床上醒來後，覺得身體不太對勁。
並非發燒，身體也沒有倦怠感。
而是感覺手臂很沉重，我掀開棉被查看。
原來是一之瀨枕著我的手臂睡覺。

在我捨棄壽命的第二次十二月十四日，星期四，下雪。

自從和她去了煙火大會後，已經過了四個多月。

一之瀨從那天起就不曾再自殺。

現在也依舊每天來我家玩。多虧如此，我不再需要查詢她的安危，過著安穩的生活。

除了不再自殺，其餘的跟以前一樣……倒也並非完全相同。

這四個月來，一之瀨有些轉變也影響到了我的生活。

首先第一件事是，她開始念書準備考試。

記得是在煙火大會兩個星期後吧。

她一本正經地來到我房間，拜託我教她念書。起初我以為應該是要幫她解題學校的講義，結果她從包包裡拿出的卻是寫著高中入學測驗幾個大字的參考書。

我問本人，她說她打算念書考高中。

我原本就打算在她放棄自殺後勸她繼續升學上高中，因為這是最適合她返回普通生活的一個契機，她本人也曾在七夕的短籤上寫下這個心願。

只是擔心已經很久沒上學的她可能會心生抗拒。我個人是就算她不升學，只要不再自殺就心滿意足了，所以打算等情況穩定一點再與她商量，避免操之過急而造成反效果。

如果她沒有意願的話，再尋找別的方法。

沒想到竟然會從一之瀨的口中聽見升學的事，我真的大吃一驚。

我對她突然改變的態度心生憂慮，說著用不著勉強自己上高中也沒關係，但她卻斬釘截鐵地說這是她自己決定的事。

「雖然你說我可以維持現況就好，但我想改變自己。」

她當時展現的表情朝氣蓬勃，開朗得不像兩個星期前還企圖自殺的少女，令我安心不已，心想這樣就算等我消逝在這個世上後，她也能堅強地生存下去吧。

之後我每天都教一之瀨念書。

說是這麼說啦，但我這個從中學時期就在及格邊緣低空飛過的人，能教她的東西實在太少，兩人一起歪頭不解的次數多過我教她的次數。

再說了，與其問不擅解說的我，不如上網查詢解答效率更好，我只是在拖她的後腿罷了。然而，一之瀨一有不懂的地方還是會問我。

我本來以為她要趕上沒去上學而落後的進度會很辛苦，所幸她從以前就持續在做學校的講義，有一定的基礎知識，對學習助益很大。

她學習能力很強，要考上高中應該不成問題。

第二件事是，她開始親手做菜給我吃。

她擔心我老是吃超商便當或杯麵身體會搞壞，每天親自下廚。

事情的起因是她拉著我的手去買調理用具和餐具，說以後她來做飯。我推辭說這樣太麻煩她了，沒關係，一之瀨卻幹勁十足地回答：「畢竟我之前給你添了不少麻煩，我想多多少少為你盡一份心力！」

她誇下豪語說自己小學時曾加入烹飪社，幹勁十足地展現她的廚藝，起初卻接二連三地失敗，經常垂頭喪氣。讓我好幾次在低頭道歉的她面前安慰道：「這樣也滿好吃的啊，別灰心。」硬著頭皮塞進嘴裡吃完。老實說有幾次真的難以下嚥。

不過，自從她懂得上網查食譜後，廚藝慢慢進步，菜色也增加不少。尤其擅長做馬鈴薯燉肉、咖哩、漢堡排、豬肉味噌湯、蛋包飯等家常菜，每當我嚐了一口，她一定會詢問我的感想。在我回答「好吃」後，她才鬆了一口氣地微笑道：「太好了。」

我去便利商店或外食的次數也大幅減少，現在反倒是和她一起去超市購買食材的次數比較多。

而第三件事則是目前她睡在我身旁的這個狀況。

她把我的手臂當作枕頭，睡得十分香甜，令人不忍心吵醒她。即使臉頰因壓著手臂而扭曲，也依然無損她的美貌。

雖說她已放棄自殺，但問題並沒有解決。如今依然跟家人相處不來的一之瀨，每次與家人大吵一架後，便會離家出走個幾天，來我家過夜。

不過，跟花樣年華的少女同床共寢實在是太令人不好意思了。

我有準備被褥給她，但她短時間離家出走來過夜時，似乎希望我能聆聽她的心事，結果還是並肩躺在床上關燈聽她說話。我問她不能普通地聆聽就好嗎？她說必須燈光昏暗，否則她會害羞得難以說出口。

也就是說，那個一之瀨懂得向我撒嬌了。

短期離家出走時，幾乎三次就會有一次抱著我哭；念書時會倚靠著我的肩膀說她累了；在外面時大多會說她好冷，牽起我的手緊貼著我走。

我既然說了「想助她一臂之力」，也不好拒絕，況且我個人非常開心她願意依賴我，只是有一點困擾。

最近的她莫名地嫵媚動人。

雖說是中學生，青澀中又帶點成熟的氣息，纖細的身體也漸漸發育成富有女人味的模樣。笑起來比以前開朗，小巧的嘴唇飽滿紅潤。

我好歹也是個男人，一之瀨天真無邪、毫無防備地緊貼著我，讓我每天都像個面對煩惱的苦行僧一樣。

我曾經向她提議還是不要睡在同一張床比較好，結果卻適得其反。

一之瀨一副完全不懂男人心思地詢問「為什麼？」我回答：「妳明年就要上高中了，跟異性睡在同一張床上……那個，不好吧。」結果她思考了一下後，扭扭捏捏地反問：「你把我當作異性看待嗎？」

「不，那怎麼可能啊。」我反射性地說出違心之論後，她便鼓起臉頰氣噗噗地說：「……那不就好了。」之後好一陣子不肯跟我說話。

從此以後我就放任她恣意妄為，結果導致現在這種情況。

我搖晃今天也睡在我身旁的一之瀨的肩膀，叫她起床。

平安夜這天，從早雪就下個不停。

「相葉先生，你看，積雪了耶！」

一之瀨把雙手貼在窗戶上，像孩子一樣地興奮吶喊。窗外是一片銀白世界，陽臺也積了不少雪，雪量應該足以堆出一個雪人。

原本殺風景的房間也慢慢增加物品，變成充滿生活感的空間。

調理用具和餐具自然不用說，窗邊還擺上觀葉植物，桌上也擺放著一之瀨挑選的莫名其妙的小東西。我和一之瀨在玩具店挑選購買的桌遊外盒也起到了室內裝飾的作用。

吃完一之瀨做的早餐後，我們開始裝飾聖誕樹。高度及腰的聖誕樹是一之瀨提議說想裝飾而透過網路訂購的。

我們將附有掛繩的聖誕老人、雪人、綁有緞帶的禮物盒、紅色襪子、裝飾球等小吊飾一一掛上聖誕樹。

將金銀兩色的金蔥彩條和燈串纏繞在樹上，最後在樹梢裝上一顆大星星後便大功告成。

打開電源後，燈泡閃閃爍爍地發著光。

「果然能感受到濃厚的聖誕氣息呢。」

一之瀨微笑道，我也點頭認同。

說起來，我小時候看見朋友家裡的聖誕樹裝飾，覺得很羨慕呢。但我不好意思叫養父母買給我，沒想到長大成人後會實現這個願望。

我們欣賞著燈光閃爍的聖誕樹，邊打電動直到傍晚。

雪停的黃昏時分，我帶著一之瀨出門買蛋糕。

我們通過已經除雪完畢的人行道，走向車站，位於途中的林蔭大道掛上了聖誕節用的燈飾，閃閃發光。

「好美啊……」

一之瀨雙眼綻放出光彩，如此呢喃道。

因為是平安夜的緣故，有許多人步行在林蔭大道上，絕大部分是手牽著手的情侶。

當我心想我們身在其中真是格格不入時，一之瀨說道：「好冷喔，我們牽手吧！」接著牽起我的手。

一之瀨的手很溫暖，我們一語不發地牽著，在幻想的世界中前進。吐著白色氣息露出天真笑容的她，看起來十分開心。

林蔭大道要是能一直連綿不絕就好了。我沉浸在妄想中，但不小心直視一對情侶擁吻的一之瀨卻加快腳步，拉著我的手穿過林蔭大道。

我們在站前的商店買了蛋糕、炸雞和無酒精香檳回家，在房間舉辦迷你派對。桌上擺滿蛋糕、炸雞、義大利麵、披薩等各種食物，並拉響彩炮。儘管覺得這份量兩人吃太多了，但幸虧有食欲旺盛的一之瀨在，完全不成問題。

「你也是把草莓留到最後才吃的人呢。」

一之瀨看著我盤子裡剩下的草莓，微笑地說道，她的盤子同樣也留有草莓。我一把抓起放在她盤子上的草莓一口吃掉，她便哀號：「我的草莓！」

「誰教妳一時大意。」

一之瀨不悅地看著我。

我將我的草莓還給她後，她便張開嘴要求我餵她。我似乎不小心給了她撒嬌的藉口。我將草莓送進她的嘴裡餵她吃後，她露出笑容說：「比平常還要好吃。」

「果然留到最後再吃比較好吃吧。」

「我不是那個意思啦！」

她鼓起臉頰，靠在我的肩膀。

這天她也想留下來過夜，於是我叫她打電話通知家裡一聲。洗完澡後，我們兩人一起打電動、看電視，悠閒地度過平安夜。

即使到了平常進入被窩的時間，我們依然留在客廳。過了午夜十二點，兩人都有點餓了，便泡了杯麵當宵夜。

「我搞不好是第一次這麼晚吃東西呢。」

總是在晚上十點就寢的一之瀨，因為違反生活規律而一副興匆匆的樣子。

我們看著莫名其妙的電影，一邊吃著泡麵，電影卻突然開始播放床戲的鏡頭，害我尷尬地關掉電視。

吃完杯麵後一之瀨打了一個大呵欠。

「差不多該睡了吧？」

「我還不想睡……」

一之瀨明明滿臉睡意地搓揉著眼睛，似乎已經到極限。看來只要稍微閒聊一下，應該自然就會準備睡覺了吧。

難得裝飾了聖誕樹，我關掉電燈，點亮聖誕燈飾。

坐在沙發上望著燈光閃爍的聖誕樹。

「不知道我能不能考上高中……」

坐在身旁的一之瀨嘟囔般地說道。

「擔心嗎？」我問道後，她回答：「嗯。」

「就算我沒考上，你也不要討厭我喔。」

「我怎麼可能因為這種理由就討厭妳嘛。」

我笑道後，一之瀨便握住我的手，再三確認般地問著：「真的嗎？」

「別擔心，妳一定會考上的，也會交到新朋友。」

「……我可能已經不需要朋友了。」

我問靠在我肩上的一之瀨：「妳不想要朋友嗎？」

「感覺又會被看不順眼，而且就算沒有朋友，還有你在啊……」

「妳在說什麼啊。以妳的條件，也有可能交到男友呢！」

我如此說道後，一之瀨便不斷搖頭，強烈地否定：「我、我才交不到男友呢！」聽見這句話，我感到有些安心，真是沒用。

「那可難說喔，搞不好明年的聖誕節妳會跟男友一起過。」

「才不會咧！」

就算沒有男友，只要交到新朋友的話，肯定會以那邊為優先吧。我一時千頭萬緒，但這種心情我以前經歷過無數次，已經習慣了。

「我……明年的聖誕節也想跟你一起過……」

她的聲音愈來愈小，最後根本聽不清楚。

我心想：別說那種奇怪的話啦。

明年的十二月二十六日我壽命將盡。聖誕節過完的瞬間便殞命的人，怎麼可能跟她一起過聖誕節嘛。

為了不讓一之瀨難過，我打算等她融入高中生活後銷聲匿跡。

「相葉先生？」

「一年後的事情難以預料吧，搞不好是我交到了女友。」

「咦……相葉先生，你有喜歡的人嗎？」

「這倒是……沒有。」

我開玩笑地說道後，結果她發怒說：「不要嚇我啦！」

「明年也來辦聖誕派對吧！」

搖晃著我的手懇求的她，宛如死皮賴臉要求聖誕禮物的小孩。

「好啦好啦，知道了。如果到時候我們都還單身的話。」

「真的嗎？約好囉！我是不會交男友的！」

我就這樣許下了無法兌現的承諾。

不過，應該沒有問題吧。只要上了高中，自然會交到新朋友，男生們也不可能放過她這種可愛的女生。到時候別說聖誕節了，暑假前她就會離我而去吧。

所以，今天一天讓我做個不會實現的未來美夢，也不會遭天譴吧。

隔天，我的餘命只剩不滿一年。

即使如此，時光依舊毫不留情地流逝。

考試當天，我用力推了一之瀨的背一把，送她出門。

順利考上的她，來到我家展示她穿上制服的模樣。

當我看見穿著制服的她，不知為何有種想哭的衝動。

「這都是多虧了你的幫忙喲。」

她對我這麼說，綻放出幸福的笑容；我無數次回憶起她當時的表情。

然後——四月，一之瀨開始去高中上學。

與她度過的日子也即將劃下句點。

第四章

願妳忘了我

忘れてくれるように

1

「相葉先生，快點起床！我上課要遲到了！」

「再五分鐘……再睡五分鐘我就起床了……」

「你剛才也說過同樣的話！」

一之瀨掀開我的棉被，從窗外照射進來的陽光無情地攻向我。

在我捨棄壽命的第三次六月二日，星期三，天氣晴。

身穿黑色高中制服的一之瀨拉著我的手，將我從床上拖起。我洗完臉不慌不忙地打著呵欠走向客廳，一之瀨便推著我的背，催促我：「快點、快點。」

矮桌上擺放著她做的早餐，白飯、西京味噌烤鮭魚、豆腐味噌湯、煎蛋捲、納豆，簡直就是日本早餐大集合。

我們靠著沙發，並肩坐在地板上。

鋪在地上的地毯是一之瀨挑選的，雖然圖案有點莫名其妙，但比起坐在高度不合的沙發上用餐，坐在地毯上方便多了。

我確認早晨的新聞節目上顯示的時間後，發現才六點多。

她朝氣蓬勃地說：「我開動了。」我也正巧異口同聲地與她重疊。

西京味噌烤鮭魚沒有烤焦，魚肉很軟；煎蛋捲則蓬鬆帶有甜味。這數個月來她的廚藝又更上一層樓了。

「味道如何？」

我率直地回答「很好吃」後，她害臊地笑了笑，繼續享用早餐。

從四月起展開高中生活的一之瀨，每天搭電車通學。平日也會來我家做早餐，大多像今天這樣在我家用完餐後再去上學。

她之所以選擇離家很遠的高中就讀，是因為不想遇到中學同學。

她之前就讀的中學是中高一貫學制的學校，讀完中學就直接升學到相鄰的高中就讀。為了避免直升高中部，她才選擇報考離家較遠的高中。雖然必須接受測驗，但可以遠離那些霸凌過她的同學。

不過，她繼父反對她報考其他高中，費了一番工夫才得到允許。

即使一之瀨試圖說服她繼父，她繼父依然堅持不允許她去上其他高中，完全不去試著理解她的心情，最後還破口大罵：「妳只是想逃到比較好過的地方去而已！」「又想偷懶不去上課吧！」一再刺傷她的心。跟母親商量，母親也只會站在繼父那邊說：「只要妳忍耐一下就能解決問題了。」

從家裡逃到我家的一之瀨，還曾經在深夜跑來向我哭訴。我說不出什麼體貼的話安慰她，泡了杯即溶熱可可給她，這件事令我印象深刻。

我摩挲著抽泣的她的背部，擔心她是否又會自殺。她對自己深夜離家跑來這裡，以及我特意教她讀書，家人卻不允許她考試而感到過意不去，一直哭著向我道歉。

這一點令我非常難過。我對那些事情根本一點兒都不在意，想也知道她每次道歉時一定又受了她那冥頑不靈的繼父一肚子氣。

不過，一之瀨自己擦掉淚水，說她會繼續努力，直到獲得她繼父允許。

我安慰她不需要勉強，她卻搖了搖頭，用她那雙通紅的眼眸凝視著我說：「我會努力……所以，再維持這個姿勢一下。」然後緊抱住我，將臉埋進我的胸口。我沒有拒絕，將她擁入懷中。

結果一之瀨不屈不撓的精神取得勝利，順利進入理想的高中就讀。

一之瀨說她將只去理想學校就讀的態度貫徹到底，最後她繼父才板著一張臉勉強答應。因為上了高中，與家人起口角的頻率減少，但跟始終無法認同她的繼父與壞心眼的姊姊們的關係依然維持冰點。

當然，一之瀨本人也沒有想跟家人交好的意思，被扔掉的東西不會回來，心靈受到的傷害也永遠不會癒合。從她像這樣經常來我家吃飯一事來判斷，勢必很難期待她的家庭環境能有所改善吧。

而我從之前就一直擔心一之瀨的高中生活方面則是十分順遂。

雖然開始上學後因為生活產生變化而一副精神疲憊的樣子，但後來似乎漸漸習慣。她說和同班的一個同學交情還不錯，也不見她發牢騷。

老實說，因為她入學前一直嚷嚷著不需要朋友，所以我很擔心她會不會無法融入學校生活，又開始不去上學……

幸虧我的憂慮不過是杞人憂天，一之瀨的高中生活過得一帆風順。

如今待在我身邊的早已不是企圖尋死的少女。

剛遇見她時，她毫不掩飾自己對我的敵意，總是板著一張臉，氣沖沖地鼓起臉頰。稍不留神就不見蹤影，數度令我頭痛不已。

而如今她的神情也變得柔和，比以前散發出更成熟的氣息。

與生俱來的美貌自然不用說，苗條的身軀也開始帶有女性條線，隔著制服也能看出雙峰的弧度。表情也變得活潑開朗，笑起來的唇形莫名地性感。

不只狀況改變了，她自己也逐漸成長。過去我一直昧著良心認為她還只是個小孩，事到如今怎麼看她都是一名氣質優雅的女性。

當我被嫻淑的她深深吸引時，總會不小心與她四目相交，便不由自主地移開視線。

「相葉先生，轉過來這裡，你臉上有飯粒。」

一之瀨噗哧一笑，用手指取下沾在我嘴邊的飯粒。

然後直接送進自己口中，她的雙唇看起來十分紅潤，非常柔軟的樣子。

……不，等一下。現在不是看入迷的時候吧！

「妳！這是做什麼……」

我慢半拍地大吃一驚後，一之瀨便一副若無其事地歪頭詢問：「怎麼了嗎？」

我撤回前言，她能夠神色自若地做出這種令人害臊的事，要稱她為氣質優雅的女性還言之過早……因為這種事情就亂了方寸的自己也有問題就是了。

「啊！我得走了！」

「我來收拾，妳去刷牙。」

「嗯、嗯！」

我收拾好吃完的餐具後，用抹布隨便擦拭桌面。然後把等一下要丟的垃圾袋綁好，脫下睡衣，換成外出服。

一之瀨好像也已經準備好去上學了，她手上拿著的書包別著我們去水族館得到的海豚徽章。

通常她會在去上學時順便幫我丟垃圾，不過今天我拒絕了。「可是……」有些困惑的她頓了一下，隨後又立刻一臉欣喜地微笑道：「那我們一起去丟吧！」

我按下電梯按鈕，等待電梯上來。如此平淡無奇的時光，我卻在看見電梯從一樓緩慢地上升而感到有些幸運。

走進電梯關上門後，一之瀨靠了過來。我感受到她的體溫，有些緊張。我沒有做出閃避的動作，而是表現出一副極其困擾的模樣呢喃道：「好重。」愛撒嬌的她刻意把身體壓到我身上，回應我拙劣的演技。

不過，電梯卻在三樓停止，我們連忙分開。

「早安。」

走進電梯的是一名穿著西裝的年輕男子；一之瀨躲在我的身後輕聲回應他的問候。他很有可能從電梯的門縫看見我們剛才的舉動，害我也好想挖個地洞鑽進去。

丟完垃圾後，一之瀨一副想繼續剛才的未竟之事而靠了過來。「不快點去上學的話，會遲到喔。」這次我沒有接招，一之瀨擺出一副不滿的表情。

所以我今天也無奈地撫摸她的頭，於是一之瀨一副很癢似地笑了笑。

「我去上學囉！」

「好，小心車子喔。」

她朝我揮手道別；我輕輕地揮手回應她後，她便面帶笑容地說：「我今天也會在傍晚回來。」她的背影看起來也十分歡快，令我將原本想說的話又嚥了回去。

「唉……」

我回到房間，站在牆面的掛曆前嘆了一大口氣。

六月，距離我壽命將盡——還有半年。

雖然並非所有的問題都已解決，但我已經盡力了。

目前一之瀨並未在學校惹禍，不僅全勤到校上課，也交到了朋友。時至今日，她也不曾有意無意地表現出要自殺的樣子。

照這樣下去，就算我不在她身邊也沒問題了吧？

接下來只要慢慢拉開距離，從一之瀨的面前消失就好。

我們的關係就此結束——本應是如此的。

我望向放在廚房的便當盒，再次嘆息。

按照計畫，我原本打算這個月，最慢下個月就要銷聲匿跡的。

——結果現在這個狀況是怎樣？

一之瀨每天來我家做早餐給我吃。因為先來我家再去上學的關係，不僅要很早從家裡出門，也經常差點遲到。而且還親手準備好便當給我當午餐後再去學校，放學後也會來我家做晚飯。

過著這種生活，當然不可能有時間跟朋友去玩。上高中後，她從來沒有在放學後跟朋友到處逛逛，或在假日跟朋友出去遊玩。

雖然我說「她的高中生活過得一帆風順」，但那也只限在學校而已。

我當然沒有厚臉皮到要她為我做到這種地步，但我還是默默接受。我對她說過好幾次「不用每天都來，太辛苦了」之類婉拒的話。

然而一之瀨卻以「必須攝取營養的食物」或「之前淨給你添麻煩，我想報答你」等藉口拒絕。

最後我判斷既然一之瀨本人想這麼做的話，就沒必要冷淡地拒絕，決定暫時先觀察一下狀況。當時她好像還沒融入學校的樣子，跟家人也依舊水火不容，就算拒絕她也會照樣跑來我家吧。

而且死神也說過一之瀨責任感很強，儘管我從來不曾將她視為麻煩，不過既然幫忙做家事能讓她本人寬心的話，那就隨她去吧。有一段時期我抱持著這樣的想法。

結果——我們別說拉開距離了，反而像是互相吸引般縮短距離。

如果要說明為何事情會演變成這種狀況的話，原因就在於我太遲鈍了。直到最近我才發現積極奉獻的一之瀨對我有「好感」。

她從去年秋天左右開始會向我撒嬌，有時會在外面跟我牽手或依偎著我，與自殺時期對待我的態度判若兩人。

起初我雖然感到困惑，卻並未將其解讀為對我有好感。有時她會在我們打電動時故意靠過來妨礙我，我以為她只是在捉弄我，所以並沒有放在心上。

我真是個無可救藥的大笨蛋。即使一之瀨問我喜歡的女生類型或髮型，我也沒有察覺她的心意，繼續享用她為我做的菜餚。

話雖如此，我並非沒有將一之瀨當作女性看待。光是她的手碰到我，我就全身發熱；而她倚靠在我身上時所引發的緊張感，也沒有習慣的跡象。

坦白說，我也——對她充滿情意。

很久以前我就隱約察覺到她對我的好感了，但是因為害怕自己受傷而一直逃避。如果自己會錯意的話實在很糗；就算沒有會錯意，我們也不可能在一起。要是一之瀨知道我只剩半年可活，她肯定不會為我做到這種地步吧。

我的情意只會成為她的枷鎖。

所以我才始終佯裝不知道她的心思。即使一之瀨倚靠著我，我也告誡自己她不過是在戲弄我而已；即使在情人節收到她親手做的心形巧克力，我也只是當作市售的巧克力吃下肚。一心認定她的心意全是我會錯意，而持續扮演沒有察覺的遲鈍男人。

我就這樣一再地抹殺自己，試著不斷地說服她。

我鼓勵她應該偶爾跟朋友出去玩，結果她說這樣就不能幫我做晚飯了，若無其事地繼續待在我身邊，枉費我如此苦口婆心地規勸她。

光是這樣的對話便使我心亂如麻、五味雜陳。時而不安、焦躁、自我厭惡，淨是些負面情緒，但最後卻都以安心告終。

就是因為這種不上不下的態度，才會惹她哭泣。

上個月我與一之瀨吃晚餐時，開門見山地說．

「下次假日約朋友出去玩吧！」

「那你的三餐怎麼辦？」

「都說妳不用每天來了，妳這樣也很累吧。」

「才不累，是我自己想來的，你別放在心上。」

由於我們討論過無數次同樣的事，所以一之瀨說話的態度有點在賭氣。

「就算妳這麼說，我還是會在意啊。妳跟學校的朋友要一起度過三年的時光，應該以朋友為優先，而不是我。」

我只是在嘴硬，其實根本不希望她以朋友為優先。

「……我來你家，你覺得很困擾嗎？」

「我沒那麼說吧。」
我如此敷衍後，一之瀨便低下頭，空氣中流淌著尷尬的沉默。
「你上次也說過同樣的話不是嗎？而且感覺你在躲我……」
她會有這種感受也無可奈何，我的話聽在她的耳裡就像是迂迴地要她別來我家吧。若是對我抱有好感，感受就更加深刻了。
「沒那回事，我只是擔心妳……」
「比起朋友，我更想跟你待在一起。」
一臉不安地凝視著我的她，令我心動不已。
我開始厭煩自己為何非得說這種無聊的事情不可。
討論我們出門遊玩的計畫不是更開心嗎？
「……況且，就算我約她們出去，她們也不會賞臉的。」
「不會賞臉……發生什麼事了嗎？」
我頓時著急她是不是在學校闖了什麼禍，不過她搖頭回答：
「她們都有男友了，假日忙著約會，根本沒空。」
我還是第一次知道這件事。之前我一直勸她多跟朋友玩，她卻總是以要幫我做飯為理由不肯聽勸。所以也有可能是為了讓我放棄勸說才說出口的謊話。
「沒、沒有男朋友的，只有我……」
一之瀨結結巴巴地斜眼望向我。

先不論她的話是真是假，若是她堅持主張這一點，我便束手無策。

平常我早就放棄了，但這天不一樣。

既然家庭環境已經無望改善，留她一個人活在世上，我實在放心不下。如果就這樣迎來暑假，直到九月暑假結束事情都不可能有所進展吧。

我一時焦躁，心想若是真的重視她，此時就應該狠下心。

於是，我嚥了一口唾沫後，說出的是這句話：

「那妳也在學校交男友就好了啊。」

我的心情就像是打破花瓶一樣，真想馬上收回這句言不由衷的話。我在心中吶喊：不對！我不是在對她說，我是在對放在桌上的味噌湯說！

我戰戰兢兢地望向一之瀨。

明明只是想確認身旁她的表情，不安的情緒卻排山倒海而來。

去年的聖誕節我也說過類似的話。

不過，情況與當時完全不同。要是一之瀨因為那種無法打動人心的一句話而真的交了男友……

在看見她臉龐前的數秒間，我擔心得魂不守舍。

我懷著心臟彷彿被緊緊揪住般的心情，確認她的表情。

一之瀨——眼眶泛淚，緊咬著嘴唇。

從她眼眶滴落的淚水，滲透進我的心。

「我才不需要什麼男朋友……」

她細如蚊蚋的悲傷聲音在耳邊響起。

我對惹她哭泣一事，內心並未湧起罪惡感。

反而對因為那句話而輕易受傷的她放心不少。

親眼目睹她對自己的好感，喜悅之情緩慢地油然而生。

既然已經察覺她的心意，就無法再自欺欺人了。

我是在什麼時候——喜歡上她的呢？

之後的兩個星期，除了我們的距離縮短之外，沒有任何進展。

我也懶得再說服她，就這樣無能為力地一天天度過。

好比今天，我本來也打算勸她放學後跟朋友逛一逛再回來，所以故意利用丟垃圾的時間製造機會，結果還是說不出口，只能眼睜睜地目送她上學。

從她開始準備考高中時，我就擔心東擔心西的，卻萬萬沒有料想到這個問題。因為我當時一心認為，只要她交到朋友，我們的關係便會自然而然地終結。

與其跟我待在一起，跟同齡的朋友出去玩當然比較開心啊。

我凝視著浴室鏡子裡自己的臉龐，是不難看啦，但也沒有帥到能銜著玫瑰走在外面的地步。至少配不上一之瀨。

即使思考她為什麼會喜歡上我這種人也於事無補。若是我在這種狀況下突然銷聲匿跡會怎麼樣？想也知道肯定會傷透她的心。

她現在會找理由對我獻殷勤，但如果有一天她開始要求我的回應的話，到時候我有辦法拒絕她嗎？我沒有自信。

而招致這種狀況的，正是一直以來迴避她心意的我。

我必須想辦法在暑假來臨之前改變現狀。

當天傍晚，我站在一之瀨就讀的學校校門口。

我特意前來學校，是為了確認一之瀨有沒有朋友。

冷靜思考過後，我從未見過她的朋友。因為一之瀨沒有手機，所以不會與朋友拍照。雖然本人說她交到了朋友，但會不會其實根本就沒有她所謂的朋友呢？

一之瀨原本就沒什麼想交朋友的意願，我之前還因為擔心她在入學後也不肯交朋友，開導過她幾次。我也不想逼她，但為了讓她脫離我身邊，這是必經之路。我慎重其事地不斷說服她，還曾不小心用了說教般的語氣，害一之瀨鬧彆扭。如今回想起來，是我做得太過火了，對此我已經深刻地反省。

因為發生過這種事，所以我懷疑一之瀨十分有可能說謊。況且再怎麼對我有好感，竟然寧可跟我待在一起勝過跟朋友玩耍，未免也太奇怪了。

假如我的推測無誤，就算再次試圖說服她，也只會造成反效果。如果要重新擬定作戰計畫，最好先確認一之瀨到底有沒有朋友為妙。

由於我抓準放學時間，許多學生魚貫地走出校門。即使不用以海豚徽章為標記，我也有信心能在一之瀨走出校門時找到她。

眼前吵鬧的一群男學生、挽著手臂卿卿我我的情侶，以及在校園裡四處奔跑的足球社員，看起來與高中時期的自己是不同的生物。

感覺好懷念啊，雖然我完全不想回到那個時候，但是也不禁思考起當時是否有可能擁有與現在截然不同的人生呢？現在才開始想像也為時已晚了。

幾分鐘後，我看見一之瀨朝這個方向走來。即使她穿著和四周相同的制服仍十分醒目，讓我一眼便認出她。

不過仔細一瞧，她被兩名像是同學的女生夾在中間有說有笑的。

「還真的有朋友啊！」

我不禁脫口而出，心中湧現稱不上是安心的情緒，於是便想打道回府，不再繼續看下去。正確來說，是利用銜尾蛇銀錶回到還待在家中的時間。

當我正要將銜尾蛇銀錶從口袋拿出來時，與一之瀨四目相交。

她發現我的瞬間，表情突然變得開朗，揮著手奔向我。

「相葉先生，你怎麼會來學校？」

「沒有啦，就……有點事。」

原本將一之瀨夾在中間的兩人也跟在她身後奔馳而來。

「他就是妳說的相葉先生啊？」

短髮女孩目不轉睛地盯著我的臉看，而中長髮的女孩則是充滿好奇心地問我：「欸欸，你對月美是怎麼想的？」

不習慣這種事情的我有點……不，是還滿不知所措的。

「喂，妳們兩個別這樣啦！」

一之瀨似乎也對兩人突如其來的舉動感到手足無措，但那兩人卻沒有打算放過我的樣子。

「月美妳應該也想知道吧？這是個好機會不是嗎？」

「就是說呀！所以你到底對月美有什麼感覺？」

兩人步步逼近，我受不了她們的視線，回答：「我覺得她很可愛……」結果兩人興奮地尖叫。真想立刻讓時光倒流，鑽進被窩。

「太好了呢，月美！他沒有討厭妳！」

「他說妳很可愛喔！」

看見一之瀨轉眼間滿臉通紅，連我也不禁害羞起來。

「我跟相葉先生不是那種關係啦！」

一之瀨發出足以掩蓋住兩人聲音的巨大音量否定道。

遭到否定的兩人目瞪口呆地互相對視。

「那你們是什麼關係？」

短髮女孩問道；中長髮女孩也彷彿認同她的提問般點了兩次頭。

「我跟相葉先生是……」一之瀨說到一半，卻好像想不出任何答案，便向我求助：「我們是什麼關係呢？」

那兩名女學生見狀，露出不懷好意的笑容，用力推了一之瀨的背部一把。

「呀！」

一之瀨被推後失去平衡，撲向我懷裡。

兩人笑著逃也似地邁步奔跑，應該說，整個溜之大吉。

「月美！妳今天跟相葉先生一起回去吧！」

「要是晚回家的話，我們幫妳打電話通知家人！」

「啊！我回去時得買紅豆飯才行！」

「我也是！」

兩人一溜煙地跑走。在我懷裡遮住臉龐的一之瀨，害羞得連耳朵都紅了。

回程時，我們都不敢看彼此的臉龐，平常會主動牽手的一之瀨，如今也實在沒那個勇氣。

「我明天會跟那兩個人說清楚的。」

一臉不悅的一之瀨，臉蛋還有點紅。

「妳真的交到朋友了呢。」

「……你該不會懷疑我說謊吧？」

「算是吧。因為妳不跟朋友玩，我以為妳在騙我。」

「我怎麼可能說謊嘛！」

她鼓起臉頰，捶打我的肩膀。雖然完全不痛，但周圍的視線很扎人。

「誰教妳之前不肯交朋友。」

「因為你一直叫我交朋友，我才努力去交的！」

「對不起啦！我只是擔心妳嘛。」

我受不了周圍的視線道歉後，一之瀨才放下她的手。

「我……那麼孩子氣嗎？」

一之瀨緊握放下的手，抗議般地望著我。她的表情看似生氣又有點沮喪。

「你不是常叫我要多跟朋友出去玩嗎？我擔心你是不是在躲我，所以曾經跟那兩個人商量。結果她們笑我被你當作小孩看待……」

原來那兩人是因為這樣才知道我的啊。

「怎麼可能嘛，我反而感謝妳每天做飯給我吃呢！可是，要是因為這樣害妳人際關係出問題就糟了。以我的立場來說，自然會這麼想吧？」

一之瀨低頭沉默不語，但似乎不能接受我的說法。

「妳跟那兩個人交情應該不壞吧？」

「是沒錯啦……」

「那麼下次妳們三個人一起出去玩吧！」

一之瀨露出困惑的表情，不過在我謊稱自己偶爾也想一個人悠閒地獨處後，她便以微弱的聲音回答：「嗯。」

這是她第一次點頭答應。

但我卻一點都不開心。

明明我們兩人都不希望這樣，真是愚蠢。

「別在意我，妳應該珍惜與朋友相處的時光。」

「嗯……」

「另外，如果出去玩需要錢的話，盡量開口跟我說，我出錢。」

「嗯……啊！你又把我當成小孩看待了！」

一之瀨再次鼓起臉頰，然後倚靠在我身上。

所以，我表現出一副極其困擾的模樣，呢喃道：「好重。」

我們還能像這樣互動多少次呢？

唉……又來了。

今天那句話又掠過我的腦海。

——**要是我沒有捨棄壽命就好了。**

2

「你昨天一個人很寂寞吧？」

吃晚餐時，坐在身旁的一之瀨這麼問我。

「沒有啊，跟平常一樣。」

我刻意不看她，喝著味噌湯。

於是旁邊傳來「是嗎？」的不滿聲音。

在我捨棄壽命的第三次六月三十日，星期三，陰天。

在那之後，一之瀨慢慢地願意跟朋友出去玩。

直到最近有時只會來我家做早餐，或是放學後跟朋友四處逛逛後才來我家做晚餐，如今則是經常一整天沒有來我家。

只要照這樣減少來我家的頻率，我們自然而然會漸行漸遠吧。

有一段時期我覺得計畫進行得很順利，但現實總是不如人願。

這幾天她問我「寂寞嗎？」或「一個人很難熬吧？」的次數變多了。我當然明白她的言下之意，而她也是在知曉我有聽懂的情況下說出這些話的。

換句話說，一之瀨想回到以往的生活。

況且從她的言行舉止來觀察的話，能夠感受到她是為了不讓我擔心才跟朋友出去玩的。

雖然她跟朋友似乎相處得不錯，但在放假前她總是會抓著我的手臂，約我要不要去哪裡玩。

明明這種狀況不該感到開心，我卻不爭氣地鬆了一口氣，真是沒用。

而曾經作為我救命稻草的「以人際關係為優先」這種漂亮話，已經不能再使用，若是再說些保持距離的話，又會惹她傷心了吧。

洗完晚餐的碗盤後，一之瀨躺在床上。

她的身旁空出能再躺一個人的空間，但我卻視若無睹，刻意坐在床邊，開啟掌上遊戲機的電源。

「你在玩什麼遊戲？」

一之瀨坐到我旁邊，把臉湊過來問道。我觸碰到她的身體，反射性地離開後，她卻說看不見，把身體靠得更近。

「妳明天也要上學吧，差不多該回家了。」

「我還不想回去。」

她露出潔白的牙齒，調皮地笑道。

「最近這個房間的遊戲變多了呢。」

聽見這句話，我的身體差點做出反應，但最後我還是沉默不語地繼續打我的電動。

「感覺是在我開始跟朋友出去玩後才變多的。」她才剛說完這句話，我便因為犯了平常不會犯的低級失誤而導致遊戲結束。

一之瀨看著顯示「GAME OVER」的畫面，像是刻意想煽動我的情緒似地微笑道：「你果然很寂寞吧？」

「我才沒有。」

「虧人家還想當你的對戰對象呢。」

雖然我又繼續接著玩遊戲，但操作比剛才還草率，馬上就損失了不少生命值。

真的被一之瀨說中了，她沒有來我家的日子，我無所事事，百無聊賴。

一看到什麼評價不錯的遊戲就立刻買下來，一個人拚命地玩，但我並未因此滿足，只是單純打發時間罷了。她沒來的日子，我總是一邊打電動一邊確認好幾次時間，嘆息著就不能把時間快轉到隔天嗎？

我也想每天和一之瀨見面，帶她出去玩，兩人共進晚餐。有時甚至會想，既然都只剩半年可活了，乾脆在最後的時光隨心所欲算了。目前還勉強撐得下去，但不知道自己究竟能撐到什麼時候。

前幾天也發生過一件危險的事。

我正在看電視，結果一之瀨坐到我旁邊，握住我的手。我與臉頰有些羞紅的她對望，彷彿被她吸引似地看得出神。

等我回過神來，兩人的臉龐已彼此靠近，我在千鈞一髮之際恢復理智，連忙鬆開她的手。雖然之後並未發生任何事，但我無法忘懷她那一臉悔恨地撫摸自己嘴唇的表情。

我原本以為只要慢慢減少兩人相處的時間，便會自然而然地漸行漸遠，看來是我錯了。

每次見不到一之瀨時，我便深刻地體會到她的存在對我來說有多麼地重要。

想必她也和我有同樣的感受吧。因為相處的時間有限，我和她都很重視能在一起的時光，其餘的時間則是草草而過。如今能跟一之瀨相見的日子，感覺比聖誕節更特別，光是幾天不見，我便感受到撕心裂肺的痛楚，牛郎與織女一年相見一次，怎麼能不瘋掉？

掛念著彼此的我們，一日不見如隔三秋，關係又突然一口氣拉近，甚至到了一觸即發的地步。一之瀨說她還不想回家，試圖拉長有限的相處時光。我則是佯裝冷靜，沒有將真正的心思表現在臉上。

我們都明白彼此在演一場鬧劇，因為互相試探的階段早已過去，只要某一方再稍微主動一點，便能輕易地打破我們之間那堵脆弱的薄牆吧。

結果，六月就這樣在我與一之瀨藕斷絲連的狀況下結束，我的餘命只剩不到半年。

在我捨棄壽命的第三次七月四日，星期日，天氣晴。

這一天，我跟一之瀨約好在當地的車站碰面。

「這個星期天，我們出去哪裡走走吧！」

一之瀨如此主動提出邀約，儘管心裡明白最好不要再做出與她拉近距離的行為，但我還是不爭氣地一口答應。

回想起來，自從她上高中後，我們就沒怎麼出門遊玩。我說服自己「把這當作最後的回憶，盡情享受就好」。然而，被說服的那個自己卻沒有把握當一之瀨再次邀約時能果斷拒絕。

「相葉先生，不好意思我遲到了。」

我不經意地看了眼朝我奔來的一之瀨，被她的打扮所驚豔，又再次仔細看了一眼。

她身穿白色的露肩上衣，搭配黑色的丹寧短褲。

與平常的穿著截然不同，令我感到很新鮮，看起來很成熟。這身打扮很適合她，但是我反而擔心起她露那麼多腿沒關係嗎？

「怎麼了？」

「妳今天跟平常很不一樣呢……」

「這身打扮嗎？我昨天跟朋友逛街，請她們幫我搭配的。雖然有點難為情，但畢竟很久沒跟你約……出門了……」

我無法直視羞赧的一之瀨。

現在是上午九點。我們接下來要搭乘電車前往附近的一座知名動物園。

之所以會選擇去這個場所，起因為我向一之瀨提起自己只在小學遠足時去過動物園，她大吃一驚，就說：「那我們去動物園吧！」

搭電車移動的期間，我們並沒有特別聊天，但我和一之瀨對視了好幾次。

走出車站驗票口不到一分鐘，就看見動物園。

入口的正門擺放著一隻大象的紀念雕像，一之瀨看見後，笑著道：「是大『象』的雕『像』呢。」我支付兩人份的成人票後，穿過正門。

我們先從入口沿著道路走，天氣晴朗得恰到好處，不會太熱，可說是絕佳的散步天氣。

走在蜿蜒的步道時，我發現周圍遊客的視線全集中在一之瀨的身上。本人卻完全沒發現，不過一對來約會的情侶男方一直盯著一之瀨看，被旁邊的女友敲了一記腦袋。

通過寫著非洲園區幾個大字的看板後，動物便進入視野。

一之瀨時而發現在陰影處休息的藪貓，時而觀察長頸鹿與斑馬並排用餐的畫面，接著朝轉過頭背對我們的獵豹前進。

來動物園必搭的獅子巴士就位於這個園區，所以我們也搭了一下。不過稱呼畫著斑馬紋的巴士為獅子巴士，感覺有點怪怪的就是了。

巴士發動行駛後，車內的揚聲器便開始播放獅子的習慣與冷知識這類的說明。牠們一天好像要睡上十五個小時，坐在我隔壁的一之瀨輕聲笑道：「跟相葉先生差不多呢。」為了慎重起見，我先聲明一下，我一天可沒有睡到十五小時這麼久。

獅子靠近巴士，我本來還很興奮地想說是不是因為車身是斑馬紋的關係才靠近的，結果只是因為來吃吊在巴士外側的肉片而已。

一之瀨朝逐漸接近的獅子揮了揮手，但等到獅子逼近眼前，她便縮起手害怕地看著牠們。我用手指戳了戳她的側腹部後，她便發出尖叫跳了起來。下了巴士後，她也以牙還牙地用手指戳我的側腹部，我大概向她道歉了八次左右。

「喔，有浣熊耶！」

「相葉先生，那是小貓熊啦。」

亞洲園區裡展示著小貓熊與梅花鹿等動物。

我們走走逛逛，看了用鼻子夾起食物來吃的大象、五彩繽紛的鸚鵡、在木洞中睡覺的鼴鼠、正在打呵欠的雪豹等形形色色的動物。

當一之瀨仰望著在上空走鋼索的紅毛猩猩時，我則是閱讀寫著「紅毛猩猩是獨自生活的動物」的解說看板。

一之瀨突然戳了戳我的肩膀。

「怎麼了？表情這麼陰沉。」

「沒什麼，我在讀解說看板。接下來要去哪裡？」

「那邊好像有貓頭鷹，要不要去看看？」

一之瀨如此說道，並拉起我的手。她的手總有一天會拉著其他人的手嗎？我希望在我有生之年不要看見那個人出現。

都來到動物園了，我還在胡思亂想什麼。

這搞不好會成為我和一之瀨出門遊玩的最後回憶。

我們在園內的咖啡廳用完午餐後，看著地圖前往昆蟲園區。

到達昆蟲園區後，那是一棟半圓形的建築物，從上空俯看似乎會形成蝴蝶的形狀。

「還是不要去逛了啦。」

離開咖啡廳後，一之瀨一直拉著我的衣服，我無視討厭昆蟲的她的制止，逕自走入昆蟲園區中。當然，抓著我衣服的她也一起進入。

這個巨大的熱帶植物園中，放養了兩千隻蝴蝶。

我不過沿著指引走，就有各種蝴蝶進入我的視野。也能觀察到不曾見過的蝴蝶或用口器像吸管一樣吸取花蜜的畫面。

親人的蝴蝶有時會停在人的肩上。只是從旁觀看就害怕的一之瀨，每當有蝴蝶停在她肩上時，她便全身僵硬，向我求救。

說起來，死神曾將我們比喻為「沒有翅膀的蝴蝶」是嗎？

不過，現在的一之瀨已經不是沒有翅膀的蝴蝶了。

想必今後也會逐漸蛻變吧。只要認識各式各樣的人，拓展視野的話，眼前的她應該也會改變吧。包含對我懷抱的情感。

就算沒有我，她也能獨自飛翔到天涯海角。

……即使我逞強地這麼思忖，還是能想像到我依依不捨的模樣。

若是我沒有捨棄壽命的話，我們會演變成什麼樣的關係呢？

假如我沒有跟死神交易，也沒有自殺，一年後的聖誕節也來到那座橋上的話，一之瀨雖然會前來，卻會因為我在那裡而放棄自殺回家。改天我又會在那座橋上遇見她，我們四目相交，卻並未開口交談。之後我們想要自殺的時機也會偶然重疊，一再於橋上相遇。這樣的日子再三重複的期間，我們會因為意想不到的事情開始交談，成為兩人一起出門遊玩的關係。

然後我們——

再思考下去也只是浪費時間！要是沒有銜尾蛇銀錶，我們也不可能建立現在的關係。

事到如今再怎麼妄想，壽命也不會失而復得。
我們離開昆蟲園區後，前往澳洲園區。
天空在我們拍拍躺臥的袋鼠照片、摸摸鴯鶓蛋，走走看看的期間，逐漸染成了殷紅色。
我們最後走進寫著無尾熊館的建築物。
走在幽暗的通路，隔著玻璃窺視展示著無尾熊的寬闊空間。
有許多讓無尾熊攀爬的細木，卻不見關鍵的主角。
仔細尋找後，只有一隻無尾熊抓著樹木，背對著我們。
根據附近的飼育員所說，前陣子牠的同伴死了，所以只剩下一隻。廣大的空間裡只有一隻無尾熊的光景，感覺很寂寥。
「剛才的無尾熊孤零零的，看起來好寂寞喔。」
在我們走向園區出口的途中，一之瀨這麼說。
飼育員心痛地表示國內的無尾熊數量很少，難以補充。也許那隻無尾熊將獨自在那裡生活。
當我思考著這種事情的時候，一之瀨握起我的手。
「妳幹嘛突然這樣？」
「只是突然鬆了一口氣，想說我已經不再是孤單一人了。」
她微笑著加強手上的力道。
「妳能交到朋友真是太好了呢！」

「你這話是什麼意思？」

「就算我死掉，妳也不會像那隻無尾熊一樣孤零零……」

我話說到一半，一之瀨便直呼我的名字制止我說下去。

「就算是開玩笑，也不要說這種話。」

被晚霞照耀的一之瀨，表情充滿不安，好似馬上就要哭出來。

「假如啦，別當真。」我笑道後，一之瀨卻低頭。

「你不在了……光是想像都覺得害怕。」

「太誇張了啦。就算我不在了，妳也照樣能生活下去吧。」

一之瀨搖頭否定。

「我已經不想再失去重要的人了，而且我對你……」

她猶豫要不要把接下來的話說出口；我粗魯地撫摸她的頭，弄亂她的髮絲。

「別那麼嚴肅嘛。妳在學校也已經找到容身之處，別管我，盡情去玩就好。不要等以後才在那裡感嘆說，要是當初有盡情享受青春就好了，那可就後悔莫及了。」

我自己也不知道是否有像平常那樣，用半開玩笑的語氣說出口。

片刻過後，一之瀨以溫柔的聲音說道：「相葉先生，我一點也不覺得後悔。」

她的音量並不大，聽起來卻充滿自信。

「我爸爸以前也常對我說：『用不著來探病，跟朋友出去玩吧。』如果我聽他的話，跟朋友出去玩的話，或許就不會被霸凌了。可是……我並不後悔。」

一之瀨頓了幾秒，接著說：「所以——」

「如果不會造成你的困擾，我想永遠……待在你身邊。」

我與一之瀨四目相交，她一副難為情地回應我一個生硬的笑容。

不行了，壓抑的感情從內心深處以排山倒海之勢湧出。

我想永遠獨占她那只有我能看見的微笑。

等我回過神時，才發現自己已脫口而出：「我也是。」

「我也想和妳在一起。」

明明絕對不能說出口，我卻情不自禁。

「今年我也想和妳一起去看煙火、過聖誕節。不只今年，明年和後年也要。」

說出來了。就算一之瀨因此對我退避三舍，也無可奈何。

「呃……相葉先生？」

「幹、幹嘛啦！」

「……很害羞耶。」

讓我說出這麼肉麻的話，感想就只有這樣嗎？害我差點笑出來。

「我真的可以待在你身邊嗎？」

我回答：「當然可以。」

「沒有騙我？」

我回答：「沒有騙妳。」

「說定囉？」一之瀨凝視著我的臉問道。
「嗯，說定了。無論發生什麼事，我都不會從妳面前消失。」
我凝視著她的眼睛，確確實實地說到最後。
之後，我們並未互相對視，而是看著彼此的影子行走。
如果謊言得以成真，那該有多好？
如果能就這樣陪伴在她身邊，會有多幸福啊？
即使想像著或許可能實現的未來，夢想終究只是夢想。
我應該更早斷絕與她的關係才對。原本心想只剩下半年的時間，稍微貪戀一點和她一起相處的時光也不為過吧。
乾脆在最後的時光隨心所欲算了，蠢不蠢啊！
不是打從一開始就知道，我死後她會有多麼悲傷嗎？在最後的最後留下人生最大的汙點是要怎樣啊？
我鬆開一之瀨的手，從口袋拿出銜尾蛇銀錶。
決定讓時光倒流，消除今天發生的事。
然後下次見到她時，我要好好地與她告別。
無論以什麼方式告別，一之瀨都會感到難過吧。
不過，繼續這樣下去，只會讓她更加心酸。最重要的是，絕對必須避免以天人永隔的方式與她分別，我不想再讓她承受與失去父親時同樣的悲傷。

應該更果斷地說出口才對。如此理所當然的事，我老早就知道了。
然而我卻說不出口。我一直很害怕斷絕與她的聯繫。
已經沒有時間了。
我不能再繼續逃避下去。
一之瀨，對不起。
我閉上雙眼，向銜尾蛇銀錶許下願望，希望她能幸福。
「相葉先生？你怎麼了？」
睜開眼睛後，一之瀨還在我眼前。
周圍的景色並未改變。
「不……沒什麼。」
我再次嘗試，但依然沒有變化。
這是怎麼一回事？
無論我嘗試再多次——

——**時光依然沒有倒流……**

3

在我捨棄壽命的第三次七月十八日，星期日，天氣晴。

這一天，我從白天就一個人來到公園的草地。

是我與一之瀨觀賞煙火的那片草地。我在位於中央的大樹下吹著泡泡，心不在焉地盯著飄遠的肥皂泡泡嘆息。

在那之後我又試了許多次，結果還是完全沒有反應。我打開銀錶的錶蓋後，發現錶針消失了，只剩下錶盤，也無法當作普通的懷錶使用。關於為何無法讓時光倒流，我也依舊不曉得原因。

雖然聽說懷錶很容易壞掉，但銜尾蛇銀錶跟百圓商店販賣的廉價手錶不同，是用壽命交換得來的，壞掉的話，可不是看時間不方便這種簡單的程度。

我想找死神投訴，但若是對方不主動出現，我根本投訴無門。既然她也在觀察人類，應該能知道我想見她吧？我對不肯現身的死神感到很惱火，但如果這就是她的目的，我豈不是正中她的下懷。

還是死神發生什麼事了？那種傢伙，被人從後面捅一刀也不足為奇。

我有點期待若是因為死神遭遇變故而導致銜尾蛇銀錶無法使用的話，那麼我的壽命應該也有可能歸還給我。

不過，我至今依然能感受到當初捨棄壽命時席捲而來的失落感，從那天起一直感覺缺少了什麼。所以，我的餘命應該還是只剩不到半年吧。
不管死神的遭遇如何，我都必須斷絕與一之瀨的關係。
我仰躺在野餐墊上，沐浴在從樹葉間隙灑落的陽光下思索著，該怎麼提出離別，但絞盡腦汁也想不到和平的分手方式。
明明已經下定決心了，還在這邊思前想後的。
問題本來就已經夠棘手的了，因為無法讓時光倒流的關係，反而讓情況更加惡化。畢竟是在我作出那種承諾之後，要是跟一之瀨說「我不能再見妳」，無疑是最糟糕的分別方式。
早知道會這樣，就應該趁時光還能倒流時採取行動的。
結果，我什麼點子都沒想到，就這樣迎來傍晚，回到家裡後，發現門沒鎖。
在懷疑自己是否忘記鎖門之前，我便雀躍地心想應該是一之瀨來了吧。
不過，我記得她好像說過今天會跟朋友去玩，沒辦法來我家。
走廊一片漆黑，每個房間都沒有開燈。我失望地心想原來只是忘記鎖門了，但客廳裡能隱約看見人影，我伸手摸索開關，打開電燈。
「我來了。」
位於眼前的是一之瀨……才怪，是死神。
她說話的音調與以往不同，我能感受到她刻意想發出可愛的聲音。
不過，知道死神原本嗓音的我，只覺得像是人偶突然開口說話般地嚇人，恐怖得要命。
桌上擺放著我買來當存貨的洋芋片，只剩下空袋。別隨便拿來吃啦！

「還『我來了』咧，妳這是非法入侵吧！」
「別那麼兇嘛，我這是在預演。」
「預演什麼啦？別廢話了，重點是我無法讓時光倒……」
死神將食指抵在我的唇瓣，「等一下再說。今天我有東西想讓你看。」
之後她命令我叫計程車，我連休息時間都沒有，就被帶到外頭。
在搭乘計程車移動的期間，我想問她無法倒流時光的事，但實在沒辦法在司機在場的情況下詢問，只好沉默不語地眺望著窗外的景色。
不久後，我們在離家有些距離的家庭餐廳前下車。由於死神在車門打開的瞬間一溜煙地衝下車，計程車費只能由我來支付了。
「妳不是有東西要給我看嗎？」
我爬著陡峭的階梯詢問後，她回答：「你馬上就知道了。」
那是一間一樓為停車場，必須從二樓店門口出入的隨處可見的家庭餐廳。
她打算在這種地方讓我看什麼東西？況且，我家附近也有家庭餐廳啊。特地選擇這裡，是為了讓我多付計程車費嗎？
「歡迎光臨！」
一走進店裡，便有一名女服務生微微鞠躬，朝氣蓬勃地說道。
當我與她四目相交的瞬間，才明白死神「想讓我看的」是什麼。
「相葉先生……你怎麼會在這裡……」

打扮成女服務生的一之瀨就站在我的眼前。

一之瀨穿著帶有荷葉邊的粉紅與白色的女服務生制服，游移著雙眼。我也和她一樣隱藏不住內心的慌亂。

「妳……在打工嗎？」

我完全不知道她在打工。不對，她壓根就沒提過她想打工。到底是從什麼時候開始的……而且，她今天不是要和朋友玩嗎？

一之瀨輕輕點頭後，一臉害羞地說：「我帶領您入座。」於是便邁開腳步。一之瀨帶領我到座席時，望向我這個方向好幾次，但當她安排我與死神面對面入座後，我才明白她的視線是朝向死神。

「決定好餐點之後……請按服務鈴。」

一之瀨逃也似地離去後，死神便嘻嘻嗤笑道：

「你不知道吧？她最近開始在這裡工作了。」

我完全沒有想像過一之瀨會在家庭餐廳打工。不過，她為什麼要瞞著我偷偷打工？

想必是一如往常地看穿我的心思吧，死神回答：

「她是為了買禮物送你才開始打工的，真是值得讚許呢！」

死神表現出佩服的態度，然後粗俗地笑道：「不過被我揭穿了。」我之後打算斷絕和她的關係，何必還送我禮物。

「妳帶我來這裡是為了找我麻煩嗎？」

「怎麼可能。我只是想要幫助你而已。」

「幫我？」

「沒錯。我是為了幫助後悔捨棄壽命的你。」

死神確實是這麼說的。

我後悔？我本來打算立刻反駁的，但她一副不懷好意地搶先一步笑道：「我再說一次，你感到後悔了！」

「你最近一直在想『如果沒有捨棄壽命的話，就能跟一之瀨月美永遠在一起了』對吧？這無庸置疑是對自己捨棄壽命一事感到後悔。」

死神說得沒錯，我思考過無數次。不過——

「我只是在想，如果我的壽命不是只剩半年的話。若是沒有銀錶的力量，我也不會和一之瀨相遇。那不過是想像罷了。」

「不對，你根本沒看開。事實上你不也曾妄想過就算沒有銜尾蛇銀錶，或許也能與她相遇嗎？」

儘管我對內心被看穿一事感到不快，但我還是開口反駁：

「我是有想像過沒錯，但只要我們擦肩而過一次，她終究會以自殺告終吧。我實在不認為會演變成現在這種關係。」

「真的嗎？你真的敢斷言她的未來只有自殺一途？」

「……」

我的確曾經思考過，如果我們一再偶然相遇，應該有可能創造另一種未來。當我妄想著這種事情時，被認為感到後悔也無可奈何吧。

「反正，你後不後悔我都不在乎啦！不過，銜尾蛇銀錶大概是判斷你『後悔了』吧。」

「銀錶判斷我後悔？」

「銜尾蛇銀錶不會聽從後悔捨棄壽命之人的命令。」

「也就是說……如果我後悔，就無法讓時光倒流的意思囉？」

「就是這樣。」死神若無其事地如此說道。

我火冒三丈地怒斥：「幹嘛不早說啊！」不過死神卻絲毫不內疚地回答：「我給過你忠告了，而且你一副自信滿滿地說自己絕對不會後悔，我才沒說的……」

「通常在關鍵時刻無法倒流時光都會陷入恐慌，觀察人類驚慌失措的模樣也是一種樂趣，但是你真的太無聊了，令我失望透頂。」

「我說啊……因為無法讓時光倒流，害我不小心對一之瀨許下承諾了。」

如果一開始就知道的話，我就不會說出那種肉麻的話了。

「說起來，你好像對她說了『我喜歡妳，永遠待在我身邊』之類的話呢。」

明明知曉全部的事，還故意用裝模作樣的語氣模仿我。

「我才沒有說到那種程度好嗎！」

「差不多吧。」

死神連續按壓服務鈴，露出狂妄的笑容。「所以，我來幫助你以表歉意。」

來點餐的一之瀨，斜眼看著死神。

我點了牛肉燴飯，死神點了法式烤田螺。「以上是兩位點的餐……」就在一之瀨說到一半時。

「我說親愛的，人家明天也可以去你家嗎？」

說出這種似乎連笨蛋情侶都不會說出的話的，正是眼前的死神。她硬是發出可愛的聲音說話，但還是很牽強。

「啥？妳在說什麼……好痛！」死神在桌面下用力踢了我小腿一腳。

「不能每天見到你，人家實在受不了。人家想和你黏在一起久一點，親愛的。」

別這樣。妳能讀取人心，應該聽得到我說話吧？別鬧了！

一之瀨一臉鐵青，一語不發地離開我們這桌。

「妳幹嘛突然亂說話啦！」

「我是在給你和她斬斷緣分的藉口，你可得感謝我才行。」

我聽不懂死神說的話，仔細思考後，整個僵在原地。

「……妳該不會是要我以交到女友為理由，提出分手吧？」

「正是如此。」死神得意洋洋地說道。

「……」

「……」

「……就算是假的，我也不想要妳當我女朋友。」

「像你這種窩囊廢也不是我喜歡的類型。」

在談天說笑的一家人與一群高中生的包圍下，我們這一桌流淌著異樣的空氣。

「再說了，她會相信妳那種蹩腳的演技嗎？」

「她相信喔！從帶我們入座之前，她就在懷疑我是不是你的女友了。在我高超演技的輔助下，她現在似乎還沒有整理好思緒。」

雖然我懷疑她說的話沒有可信度，但一之瀨的確臉色鐵青。

「都怪你太懦弱，才會招致這種事態。」

「……懦弱？」

「沒錯，你就是懦弱。因為你沒有勇氣主動斷絕關係，我才想引導她離開你。若是你從一開始就正視她對你的情意，以適當的說辭拒絕她的話，事情就不會演變成這樣了吧？」

「我的確認為我應該在更早的階段採取行動沒錯，但那終究是結果論。為了避免傷害到一之瀨的心，只能慢慢拉開距離了吧？」

我在腦海裡辯解道：我不想在她還沒融入校園生活前貿然行事。

「拉開距離，你最後打算怎麼辦？」

我支支吾吾地回答：「比如搬家啊，有各種方式吧。」

「要是到時候她問你聯絡方式怎麼辦？」

「那時我會……」

「別拿她當擋箭牌了，你明知道不論用什麼方式離別，都會傷害到她，不是嗎？就算聯絡不上你，她也會一直等你。」

「像忠犬小八一樣。」死神獨自笑道。我不予理會，思考自己該怎麼做。真的要以這樣的方式分開嗎？沒有其他更好的方式嗎？

「這是你的人生，就算你想和她度過剩餘的時間，也沒人會責備你。因為你是個後悔捨棄壽命的可憐懦夫嘛。」

「不過──」死神接著說。

「她已經失去親生父親了，要是連你都失去的話，肯定沒辦法再振作起來了吧。要拯救自己的人生還是拯救她的人生，選擇權在你。」

不是一之瀨的其他服務生端來料理後，死神便悠悠哉哉地吃起法式田螺，我則是沒什麼食欲，只吃了一半左右就停下動作。

之後，死神說她要去洗手間，離開座位後就沒再回來。

過了一會兒，我付完兩人份的餐費，便獨自徒步返家。

仰躺在床上，我不斷自問自答，一再挖掘出已經得出結論的問題重新思考。

晚上八點左右，我聽見玄關大門開啟的聲音。

走進客廳的一之瀨，呢喃般地說道：「我來了。」

「妳怎麼來了？」我明知故問地詢問後，一之瀨便難以啟齒地勉強擠出聲音回答：「今天跟你在一起的女生……是你的女朋友嗎？」

一之瀨目不轉睛地盯著沉默不語的我。

短短數秒的沉默，一之瀨的眼眶慢慢泛起淚光。

被寂靜籠罩的房間中，只微微聽得見吸鼻子的聲音。

一之瀨用手指擦拭奪眶而出的淚水，以細小的聲音說道：「抱歉我沒有察覺，我對這方面的事情比較生疏。」她強顏歡笑的表情令人心痛，脆弱得似乎輕易就會崩潰，令人忍不住想別開目光。

「不是的……那傢伙只是普通朋友，故意在鬧我罷了。」

我予以否定。即使如此，她的表情依然沒有變得開朗。

「那……我以後還可以來找你嗎？」

我無言以對，踏不出那臨門一腳，我總是在關鍵時刻退縮。捨棄壽命那天也是一樣，什麼都沒有改變。

我握緊拳頭，咬緊牙根後，才緩緩開口告訴一之瀨：「我希望妳別再來找我了。」

一之瀨停止擦拭自己淚水的手指，放下手，任由淚水滑落。

「之前不是有個上班族跟我們一起搭電梯嗎？那時他好像懷疑我們的關係……要是妳也在學校傳出奇怪的流言就不好了，所以……」

這種牽強的謊言，怎麼可能騙得過她。

「……那可以跟你一起出去玩嗎？」

「不，我想最好……避免吧。」

「……我想也是。那可以偶爾打電話給你嗎？」
「我希望……也不要打電話給我。」
我心如止水地翕動雙唇，卻克制不住滿溢而出的罪惡感。
從口中吐出：「對不起喔。」
我能聽見淚水沿著她的臉頰滴落到地板上的聲音。
我不清楚是否是用耳朵聽見的，可是能聽見聲音。
時間在沉默中一點一滴地流逝，然而結束卻突如其然地到來。
「多謝你這些日子以來的照顧，再見。」
我看著她走向玄關的背影，再次反覆自問自答。
這樣好嗎？用這種方式分別，真的好嗎？
現在還來得及。只要從後面緊抱住她，將過去的一切全盤托出，她一定能諒解我。這是最後的機會了。
與一之瀨之間的回憶如走馬燈般浮現腦海。將她用公主抱的方式抱到家庭餐廳、一起看電影、在遊樂場對戰遊戲、從水族館回程時她的滿面笑容，以及在公園吹的泡泡……
我才不要以這樣的方式分別——
「一之瀨！」
我之所以察覺自己不自覺開口挽留她，是因為她在玄關前回過頭來的關係。
看見她那哭成淚人兒的臉龐，我才回過神來。

我又惹她哭泣了嗎？

為了自己這個不到半年可活的人，我又打算再次傷害她嗎？

「在那裡等我一下！」

我拿起很久以前就準備好的信封，在玄關前遞給一之瀨。

厚實得快要撐破的信封裡裝著的是一疊紙鈔。

「有了這些錢，妳不想待在家裡的時候就能去外面打發時間了吧。」

不過，一之瀨並沒有收下。跟那一天一樣。

「我不需要這種像分手費一樣的錢。」

一之瀨開始抽泣，淚水奪眶而出。

「用不著客氣，妳之前不是有為我下廚嗎？這些錢就當作報酬……」

我安撫似地說道，但是她依然淚流不止。

「我……並不是想要錢才那麼做的！」

她如同那一天用手拍掉信封，逃也似地走出房門。

裝在信封裡的紙鈔因為掉落地板的衝擊而散落一地。

我立刻穿上鞋，朝門把伸出手，卻停在半空中。

她走後的房間安靜得可怕。

如今我才發現自己後悔不已。

這心痛的感覺，正是我後悔捨棄壽命的證明吧。

4

在我捨棄壽命的第三次八月二日，星期日，下雨。

一之瀨不再來我家後，經過了兩個星期。

從那天起我幾乎窩在家裡，外出的次數屈指可數，只有去附近的便利商店買一堆食物回來囤積。三餐吃杯麵或冷凍食品解決，偶爾會點披薩外送。我撿起掉落在地板上的紙鈔，直接遞給外送員。事到如今我根本不在乎外人對我有什麼觀感。

睡覺、起床、吃東西、睡覺、起床、吃東西，日復一日。

完全提不起幹勁做任何事。

就算銜尾蛇銀錶恢復機能，我也不會將時光倒流了吧。就算倒流時光，也只是徒增見不到一之瀨的時間罷了。

我聽見滴滴答答的雨聲。

最近每天都會想起以前的事。

我年紀尚小時，誤以為自己很堅強。

剛出生就被丟棄的我，是在育幼院度過幼兒時期。

我在育幼院裡既不哭也不鬧。記得每次看見讓指導員老師傷腦筋的兒童，我都很自豪自己是接近大人的存在。

然而實際上卻是比任何人都愛做夢的愚蠢小孩。

我很容易受虛構的東西影響，那並非是指我相信英雄或擁有神奇力量的存在，不過我認為這個世界只要努力或忍耐必定能獲得回報，相信家人間的羈絆和親子間的感情有什麼特別的聯繫。

大概是顧慮孤兒吧，育幼院裡並沒有擺放以家族為主題的繪本，本來我與後者應該八竿子打不著關係，但我偶然發現以親子間的愛情為主題的動畫，便以接近憧憬的形式深信不疑。

堅信家人間的羈絆濃得斷也斷不開的我，開始期待有一天父母會來接我。

周圍的大人也不可能親切細心地告訴我「你是被拋棄的孩子喲」，所以我便像笨蛋一樣不斷讓妄想膨脹。

某天，有個和我同齡的兒童哭了。

似乎是太想爸媽才哭的。那名哭泣的兒童有父母，大概是基於正在住院或某種原因才將他寄放在育幼院的吧。

某位年輕女老師安慰那名哭不停的兒童，如此說道：

「你要乖乖的，這樣媽媽就會來接你囉，忍耐一下喔。」

那句話明明不是在對我說，我卻聽進心裡。一直等待的生活或許苦悶，但我堅信當乖孩子也是一種努力，從那天起，我便開始幫老師拿東西、安慰哭泣的孩子。

如此一來，總有一天一定能見到父母，我引頸期盼那天的到來。

不過，來接我的卻不是我的親生父母，而是養父母。

「今後請多指教囉。」

當時五歲的我，不知道該怎麼對待對我溫柔微笑的養父母。

感覺跟他們相處融洽的話，就好像背叛了親生父母一樣。

而且當時的我早已明白被人收養為養子代表什麼含義。

我害怕洋溢期待笑容的養父母，害怕親生父母來接自己時，或許會毀掉他們的笑容。光是想像就心頭一緊。

所以，我決定跟養父母保持距離。

養父母確實給予了我一直渴求的東西，可是我不斷漠視，像是不回答他們的呼喚，或是他們來了就跑到其他房間，久而久之，他們也開始跟我保持距離。想必是對完全不親近他們的我束手無策了吧。

之後上了小學，我馬上就交到了朋友。

這時我也會幫老師的忙、送講義到請假的同學家，多虧累積了這些善行，我在班上頗受歡迎。除了七夕短籤那件事以外，我算是順利度過小學兩年的時光。

發生問題是在我升上三年級不久時。

朋友之間開始流行玩亂按電鈴的遊戲。

從包含我在內的五人中選出一個按電鈴的人，跑到陌生人的家門按電鈴，然後跑走，我們幾乎每天都這樣惡作劇。我其實根本不想玩，但沒有勇氣在團體中單獨反對，只好隨波逐流。

我忘不了按下電鈴的瞬間那種討厭的感覺，打個比方來說，就像在路邊踩到掉在地上的蟬時那樣。

感覺以往累積的善行化為泡影，內心湧現宛如犯了殺人罪的罪惡感。做完按電鈴惡作劇的那天夜晚，我在被窩裡拚命道歉。

我心想必須在下次被選為按電鈴的人之前想辦法解決這個問題才行，於是我想到了一個好主意。

隔天，在決定人選時，我主動舉手。我們之前的做法是，先確認其他四人已經跑到一定程度的遠處後，再按電鈴逃跑。

所以，我心想只要先讓四人跑走，再假裝按電鈴的話，既能守住面子，又用不著惡作劇。

實際上，這個方法也確實奏效了。

因為是集體奔跑，所以腳步聲很大，先跑走的四人根本聽不見電鈴聲。根本沒有人發現電鈴沒響，於是我打算持續用這一招，直到大家玩膩為止，每天都主動參加候選。

不過，假按電鈴的惡作劇馬上就迎來結束。

原因是我假裝按電鈴時按得太規矩了，結果被其他同學看到，向班導師打小報告。

我們被叫到教職員室，罵得狗血淋頭。連續好幾天擔任按電鈴的我，更是承受了大部分的炮火，我不敢在大家面前說自己是假裝按電鈴，只好忍到班導師罵完。

這件事情也傳到養父母耳裡，我一回到家馬上又挨了一頓罵。

面對罵得面紅耳赤的養父母，我只是沉默不語。我對不問青紅皂白劈頭就說教的養父母，打從心底湧起一股強烈的負面情感。

——又不是我真正的父母，憑什麼罵我？

我當時還太幼稚，加上不習慣挨罵，要是此刻實話實說，卻依然被罵「誰教你不一開始就阻止別人惡作劇」的話，我就失去最後一張牌，無法保持理智。我希望我不解釋，他們也能理解。

所以，我在心中不斷呢喃自己沒錯。

因為他們是養父母才會罵我。如果是親生父母，肯定會在罵我之前先問清楚事情的來龍去脈。況且，如果是親生父母的話，我早就能找他們商量了。

我就這樣把無處可發洩的情緒怪罪於家庭環境，試圖保持自我。我想這世上應該還有許多像我這樣的人，只要有一點能找藉口的餘地，便會把它當作巨大的盾牌來偽裝自己，以便守護自己的內心。

只是我太過分相信、尊重那張虛假的盾牌了，而開始認為自己必須比周圍的人不幸才不會讓盾牌生鏽。

從那天起，我便開始對養父母採取反抗的態度，每當看見攜家帶眷的一家人，便會心生嫉妒。

而在扮演不幸的人的期間，久而久之便真的變成了不幸的人。

每次去朋友家我都會想：

「為什麼他們什麼都不用做就有父母，而我努力卻得不到回報？」

我十分嫉妒認為有家人是理所當然的他們，與被養父母奚落「這孩子真不可愛」的我，所生活的世界簡直是天壤之別。

隨著年級上升，在教室聊的話題也會改變。

從五年級起，周圍的人便開始互相抱怨父母，聽在我耳裡不過是自虐式的炫耀，好幾次都差點說出「有父母就不錯了啦，還嫌」。

於是便慢慢與朋友拉開距離，回過神時，已經獨來獨往。

在小學最後的暑假放假之前，我開始對自己獨來獨往一事產生危機感。

話雖如此，就算焦急不能再這樣下去，事到如今也不可能與養父母相處融洽、和朋友重修舊好。如果我主動示好，或許還有轉圜的餘地，但當時的我並未堅強到能面對現實。

就讀中學時，我已經能接受自己被父母拋棄的事實。

不過，為時已晚。因為長期獨來獨往的關係，不知道怎麼交朋友，所以中學時也依舊形單影隻。我並不想跟聒噪吵鬧的同學交好，有段時間也看開了，覺得早已習慣獨來獨往，維持現狀也無所謂。

然而，不久後，我卻開始覺得無比寂寞，感覺十分孤獨。

我只是在逞強，其實很想要能交心的對象，並非是想要一大群朋友，而是希望有個能讓我傾吐所有心事，獨一無二的存在來拯救我。

不過，就算在心中渴求別人的憐憫，也不會有任何人關心我。

結果，我便一事無成地過完三年中學時光，升上高中就讀。

即使展開高中生活，我的生活依然一成不變，在沒有交到朋友的情況下，時光飛逝。我放棄地心想應該直到畢業都不會有任何改變吧。

不過，我竟然也找到能交談的對象。

校外教學時，我在移動中的巴士上暈車，留在車內休息。在我一邊對抗吐意，一邊心想「比起團體行動，一個人或許比較輕鬆」時，卻發現還有另一個學生也在巴士中休息。

是同班的女生，她也容易暈車。每次移動我們兩個都會暈車，因此一起行動的時間拉長，互相鼓勵時讓我有點開心。

藉由這個契機，我跟她也會在學校說話。

她因為升上高中的同時搬家過來不久的關係，也沒有交到朋友。雖然個性有些內向，卻並不陰鬱，就算有朋友也不足為奇。

同樣孤單的我們，一到下課時間便會湊在一起面對面閒聊。說是閒聊，但我沒什麼話題可聊，只是聽她說話而已，聊著聊著便逐漸被她吸引。我自己也覺得未免也太容易喜歡上人了吧，但想到中學三年的時光，不被吸引才強人所難吧。

不久後，我開始思考一件愚蠢的事。

我心想，把自己的成長經歷告訴她也無妨吧？

也就是說，我希望她同情被父母拋棄的自己，來吸引她的注意。

這想法滿丟臉的。不過，我無法壓抑自己渴望愛情的心。我從未向別人坦白真心，所以想向能信賴的人坦露心聲一次。

與她共度的時間裡，好幾次話到嘴邊又嚥了回去，其次數多不勝數。

不過，在我煩惱著要不要向她坦白的期間，她身邊愈來愈多人。

周圍的人發現了她的魅力，一到下課時間，班上同學便會圍繞著她的座位聚集。而我只能從遠處望著已變得遙不可及的她。

她從很久以前就想融入班級了吧，並不是因為想和我說話，我不過是單相思罷了。

這種事並不少見，即使對方在自己心中排名第一，自己在對方心中卻是可有可無的關係。

我根本不可能在她心中占據重要的地位，聽她跟我聊天的內容就知道了，不是中學時期的事，就是和家人出門的事，即使是聊回憶，也全是開朗的話題。

相比之下，我只是聆聽她說話，而且差一點就要把自己陰暗的成長歷程據實以告。誰會想聽被父母拋棄，在學校獨來獨往的故事啊？

我想我會再次形單影隻也是理所當然的結果。

當我走在外面時，被父母牽著手的小孩映入眼簾。

即使沒有任何長處，也能成為對方心中排名第一的關係。我一直很憧憬那樣無償的愛。不過，看來是不可能得到了。我連從現在開始努力的餘力都不剩了。

唯一剩下的，只有一面閃閃發光的盾牌而已，根本無用武之地。

——繼續過這樣的人生還有意義嗎？

於是高中一年級夏天，我開始考慮自殺。

每次造訪那座橋時，我都想跳下去，卻總是踏不出臨門一腳。我有些期待只要活下去，也許會發生什麼好事也說不定，然而卻事與願違。

只有無聊又痛苦的時光逐漸流逝。

然後，我在高三的聖誕節——遇見了死神。

拿壽命跟她交換銜尾蛇銀錶的我，實現了理想生活。

可是並未持續太久。即便實現理想生活卻仍然不滿足，是因為那樣並無法填補我孤獨的心吧。唯獨這一點是就算倒流時光，也絕對無法實現的願望，於是我打從一開始便不抱希望，卻想不到其他用途。

——直到我邂逅了尋死少女。

起初費了我不少心力，因為一百萬圓的事情被徹底討厭的我，不斷追在一之瀨後頭，連話都不肯好好聽我說，只能一個勁兒地追逐著她。

只要一之瀨走累了，坐在公園的鞦韆上，我也會坐在她身邊繼續說服她。

「……你怎麼會知道我的行動？」

「如果妳放棄自殺，我就告訴妳。」

「那你不用告訴我沒關係，別妨礙我就好。」

才想說她終於願意開口跟我說話了，結果卻換來這種反抗的態度。

我擔心這樣下去真的有辦法妨礙她自殺嗎？好幾次都想要放棄。

不過，一看見救護車往橋的方向奔馳而去，我便不由自主地調查起她的安危。

網路上報導一之瀨自殺的新聞留言欄下總有寫著「不孝女」、「最近的年輕人太不珍惜性命了」這類的酸民留言，同時也能看見「她是不是找不到人商量煩惱呢？」或是「逃避雖然可恥但有用」這類的留言。

但就我看來，那些意見都沒有切中核心。

「若是找人商量就能解決的問題，我早就已經解決了。」

「別以為有處可逃。」

就在我在留言欄上留完言，正想倒流時光時，看到一則留言。

——如果無處可逃，就自己建立自己的容身之處。

「又是你啊！」

「今天要不要去哪裡逛逛？」

「……什麼？」

我決定帶一之瀨去玩，讓她能多少忘記討厭的事。

起初我認為安靜的場所較好，便選擇帶她去爬山，結果她並不捧場，不僅在我看展望臺的付費望遠鏡時不見人影，去茶屋時也不打算點餐。

我差點放棄，心想做這種事真的有意義嗎？不過，她吃餡蜜時的表情實在太幸福了，我決心再努力一下。

之後在帶她去各種地方遊玩的期間，我們自然而然地增加了對話。

雖然是為了她著想，但和她一起度過的時間，也讓我忘卻了討厭的事。

我也被一之瀨撫慰了心靈。

所以我才能阻止她自殺高達二十次之多。

當一之瀨向我傾吐所有心事並放棄自殺時，我真的很開心，兩人一起度過的時光無疑是我人生中唯一能引以為傲的寶物。

只是遺憾的是，我們以那樣的方式分開。

我太失策了，以為一之瀨也會像自己高中時那樣輕易地與我漸行漸遠。

然而，一之瀨卻始終沒有打算離開我身邊，我也覺得她很可愛，捨不得讓她離開。

我的軟弱導致了那樣的結局。

我到最後的最後都那麼不灑脫。

幾乎已經沒有什麼事是我能為她做的了。

假如一之瀨還對我保有一絲絲好感的話，我希望她不要知曉我死掉的事。為了不讓她知道，我必須在不會被人發現遺體的地方死去。所以我必須為了她去自殺。

如果這樣能讓我所愛的一之瀨月美永遠安穩地生活下去，又有何妨呢？

然後，希望她——能忘記我。

今天我也持續祝福她能幸福快樂。

第五章

尋死的少年

死にたがりな青年

1

在我捨棄壽命的第三次八月二十一日，星期六，陰天。

打開窗簾後，天空一片灰濛濛的。

明明是陰沉沉的黑白景色，卻令人感覺眩目。

我有多久沒像這樣眺望窗外的景色了呢？

客廳充滿灰塵，電視和遙控器表面蒙上一層白灰；廚房則是隨便扔著杯麵等容器，散亂著免洗筷。

我巡視死氣沉沉的房間嘆息。

一想到一之瀨曾經來過這個房間，感覺好虛幻啊。

「我……並不是因為想要錢才那麼做的！」

自那天起已經過了一個月，我還是沒有自殺成功。

我必須以遺體不被人發現的方式尋死。我能想到的，只有在深山上吊或從海崖跳下去這兩種方法吧。哪一種應該都會死得很痛苦。

只要在壽命將盡之前前往杳無人煙的場所，或許就能輕鬆離開人世，但死神並沒有告訴我具體而言會如何死去。結果還是有可能會死得很痛苦，或是在聖誕節前陷入身體無法動彈的狀態。

為了不讓一之瀨知道，我打算趁自己還能自殺時先選擇自殺。

然而，我如今也依然活著，沒有死去，一直活到現在。

我也曾下定決心，打算前往遠處的深山。

不過卻在搭電車前往的途中，不小心翻開了手機的相簿。大概是基於想在最後再看一眼去動物園拍的照片這種天真的理由吧。

手機顯示的畫面排列出許多我沒有印象拍過的照片，全是我的睡臉，拍攝日期不是同一天。當我看見以睡著的我為背景，伸出兩根手指比出勝利手勢自拍的犯人笑臉的瞬間，突然覺得無比地懷念。

等我回過神時，發現自己已坐在車站的長椅上，以顫抖的手緊握著手機。

為了自殺而做好的心理準備早已消失無蹤，甚至不知道是否一開始就曾經存在過。

返回家中的我，自那之後便無法自殺，直至今日。

我已經不打算再見一之瀨了，想必對方也不想要見到我吧。暑假也接近尾聲，以她的條件來說，就算能交到男友也沒什麼好奇怪的吧。

明明再活下去也沒有意義，我卻無法尋死。

這就是所謂的人間煉獄嗎？我從很久以前就覺得自己的人生了無生趣，但日子從未過得如此煎熬，搞不好當時過得還比較幸福呢。

沖完澡後，已經過了下午五點。我換成外出服，將錢包與手機放入口袋，拿起鑰匙踩過掉落在玄關的數枚紙鈔後穿上鞋子。

去年與一之瀨一起去觀賞的煙火大會，今年也有舉辦。

今天就是舉辦日，對我而言是最後的煙火大會。這是我從小每年都會期待的活動，所以想在死前觀賞最後一次。

打開玄關大門的瞬間，感受到一股令人窒息的熱氣，但氣溫其實並沒有那麼炎熱。我看著自己漆黑的房間，有種不會再回到這裡的感覺。

我走在彷彿要落下雨滴的天空下，與我擦肩而過的人們都攜帶著雨傘。我拿出手機確認天氣預報，傍晚似乎會下大雨。煙火大會極有可能會取消，但我沒並有返回家中。

愈靠近公園，行人的數量愈多，天色逐漸變暗，周圍傳來祈禱不要下雨的對話，或是如果活動取消該怎麼辦的交談聲。因為天氣的緣故，感覺遊客比去年少。

進入公園之前就淅瀝瀝下起的雨，沒有停息的跡象，不只如此，還愈下愈大，抵達草地時已經跟天氣預報報導的一樣。

沒有帶傘出門的我被冰冷的雨水侵襲，轉眼間便淋成了落湯雞。

「今日的煙火大會因雨取消……」

各處所設置的揚聲器播放通知取消的廣播。

四周的遊客發出早就料到會取消般的聲音，其中也能看見深感遺憾的小朋友，被親人安慰「明年還會舉辦」。

我跟隨著開始朝出口魚貫移動的遊客行列，其中有父母牽著拿著小傘的孩子、有情侶兩人共撐一把傘，討論接下來要去哪裡。周圍的人都撐著傘，只有我渾身濕透。

獨自未撐傘的我，看在周圍的人眼裡肯定很滑稽吧。那才像是沒有翅膀的蝴蝶般異樣的存在。

即使撐著傘也能從背影看出。不，也許正是因為撐著傘的關係吧。

彷彿在向自己炫耀他們各自的關係，而其中獨自淋成落湯雞的自己算什麼呢？沒有人願意讓我走進傘裡。那是當然啊，誰會讓一個陌生男人共撐一把傘啊。我也不會讓別人共撐自己的傘。

可是，我不禁心想：起碼有個願意讓我共撐一把傘的人也好吧。

自從開始和一之瀨出門遊玩後，我覺得這個世界似乎變得溫柔了一些。讓我有點喜歡上曾經如此冷漠的世界。

不過，那只是我的錯覺罷了，這才是現實。沒有人願意幫助我。

在我被傾盆大雨擊打的期間，孤獨感漸漸轉變為激昂。

——感覺現在我似乎無所不能。

我大概不是想看煙火，而是想看這幅光景。

想像這樣感受自己有多悽慘，進而讓自己的人生劃下句點。

所以才沒帶傘來，為了得償所願。

我在心中下意識地一直在等待今日的到來。

如果要自殺，就要趁今天。

若是錯過這個機會，便會逃避到永遠。

腦海裡浮現她的笑臉。

我遺憾地心想：真想在最後見她一面。

我接下來——要自殺。

走出公園時，我決心堅定。

與此同時，雨停了。

可是雨聲與剛才並沒有多大區別。

往前望去，依然下著滂沱大雨。

我仰望頭上，發現自己身在傘下。

是誰為我撐起雨傘？

是誰？

用膝蓋想也知道。

因為願意讓我一起撐傘的人，這世界只有一個。

「果然是相葉先生。」

手持白傘的一之瀨，目不轉睛地盯著我的臉。

「妳……怎麼會在這裡？」

「我才想問你呢。你怎麼渾身濕淋淋的？」

一之瀨傻眼地拿出手帕，擦拭我的臉。

「妳一個人來嗎？」

看來是一個人，沒有看見朋友或男友的身影。

「是啊。相葉先生你也是嗎？」

「看就知道了吧。」

「我還以為你肯定是被女朋友甩了，傘被對方搶走了呢。」

一之瀨嘻嘻笑著，收起手帕。

「就說那傢伙只是普通朋友了。」

當我正想走出傘下時，她握住我濡濕的手，不肯放開。

「我送你回家。」

她把傘硬塞給我，我不禁反射性地接了過來。一之瀨絲毫不在乎全身濕答答的我，主動挽著我的手臂。她的體溫溫柔地傳到我冰冷的身軀。

「……要是被妳學校的同學看見，會誤會的。」

「我倒是想被誤會呢……」

一之瀨調皮地笑了笑，跟以前一樣，故意用力地將身體靠到我身上。

我無從反抗她那犯規般的回應，只能任她挽著我的手臂走回公寓。

看見她神采奕奕的模樣，我感到有點安心。而且我本以為自己肯定被她討厭了，她卻一如既往地對待我，令我內心鬆了一口氣。

「回家路上小心喔。」

我在公寓的大門和她告別，我怕再和她待在一起，有可能會回到從前那樣的相處模式。

不過，一之瀨卻跟在我身後。

「我想去拿我忘在你家的東西，可以嗎？」

我沒有印象有看過疑似那樣的東西，不過她使用過的餐具和牙刷等物品都原封不動地擺在原處。因為我突然趕她出去，或許其中有她想帶回家裡使用的物品吧。

結果，我讓跟到樓上的一之瀨進到家中，被她看見掉落在玄關的紙鈔和放在廚房的杯麵容器。

「相葉先生，你有好好吃飯嗎？」

「無所謂吧。快點把妳的東西拿走，別太晚回家。」

「有所謂！不好好攝取營養的話，身體會搞壞的！」我無視從身後傳來的多管閒事，逕自走去浴室沖澡。

不過，一之瀨在我沖完澡後依然待在我家。

「妳還在啊？」我口是心非地這麼說。

「對不起，我說有東西忘在你家是騙人的。如果不這麼說，我想你不會讓我進家門。」

我對愜意地坐在沙發上的一之瀨嘆了一口氣後，她便露出天真無邪的笑容。「事情就是這樣，我今天想留下來過夜。」吐出這種胡鬧的話。

「『事情就是這樣』個頭啦！當然不行！再說換穿的衣物怎麼辦？」

「啊，我的東西放在這裡是真的喔。為了能隨時留下來過夜，我偷偷藏了睡衣和毛巾，以備不時之需。」

得意洋洋的一之瀨，從平常沒在使用的房間衣櫃裡拿出陌生的袋子。什麼叫以備不時之需啦！

「浴室借我沖澡喔。」一之瀨如此說道，打算走向浴室；我拉住她。

「拿著那個袋子快點回去，要是傳出奇怪的傳聞該怎麼辦？」

我差點屈服，卻還是拚命地試圖趕她回家，一之瀨卻不為所動。

她自鳴得意似地微笑，並走向浴室。

不久後，她穿著睡衣出來，面帶笑容地問我：「要玩什麼？」我只扔下一句：「不玩，我要睡了。」便鑽進被窩。

「虧我特地來玩耶！」雖然聽見她不滿的抱怨聲，不過房間的電燈旋即熄滅。

一之瀨跟著鑽進棉被，我立刻背對她。

「去自己的被窩睡啦！」

「房間一片漆黑，我什麼都看不見。」

在我身後的她笑著用頭抵住我的背部磨蹭。

月光灑落的房間，與我第二十次阻止她自殺的那天夜晚是同樣的光景，唯一不同的地方，只差在我與身後的她之間的距離。

「相葉先生，前段時間都在做些什麼？」

一之瀨似乎不睏，手指在我的背部游移著，問我許多問題，像是「你為什麼一個人淋雨淋成落湯雞？」或是「感覺你沒什麼精神呢？」等等。

我假裝睡著，沒有回答，不過一之瀨卻繼續說話。

「上次我站在月臺的黃線外側，結果被站務人員罵了。」

一之瀨語氣愉悅地說道；我忍不住對這句話產生反應：「妳幹嘛做那種事啊？」

「我在想，如果我做出自殺舉動的話，你會不會來妨礙我呢？結果反而是站務人員先來妨礙我，我在橋上待了好幾小時，也不見你來……老實說，我覺得很落寞。」

身後的聲音暫停後，一之瀨柔軟溫暖的身體包覆住我的背部。

「我真的要自殺囉？」

一之瀨以一種近乎誘惑的聲音說道。

「妳不是答應我不會再自殺了嗎？」

我則是拒絕她誘惑似地回答。

「是你先不守承諾的。」

她的語氣中帶點賭氣的意味，卻仍溫柔地緊抱住我的身體。

「我只是認為有你在我身邊的話，我可以試著再努力看看，現在依然保有想死的念頭。說希望你教我念書，也只是想找理由跟你在一起而已；去上高中也只是希望你稱讚我；為你下廚也不過是為了吸引你的注意。從那天起我就只是為了得到你的讚許而努力，可是你卻……你真是狠心。」

對我愛慕到幾近可笑的她，令我覺得無比可愛，真想立刻轉過身緊抱住她。

儘管如此，我依然必須抗拒。

「我並不像妳所想像的那麼帥氣。也許在妳這個孩子眼中，大人看起來都很帥氣，但待在像我這種差勁的大人身邊，是不行的。」

一之瀨氣惱地說：「又把我當小孩！」我回答：「妳就是小孩啊。」

「總之，現在的妳只是誤解了。」

「那你告訴我啊！把你覺得自己差勁的理由一一告訴我，由我來判斷你到底是帥氣還是差勁。」

她呢喃似地多加了一句：「你的那些差勁的部分，我也會統統喜歡上的。」這句話聽在如今意志消沉的我的耳裡，是甜蜜的誘惑。我的內心湧起前所未有的感情，差點把一切全盤托出。

不過我還是摀住嘴巴，克制到底。

我——跟拋棄我的父母不同。我不會為了自己的幸福，毀掉我珍愛之人的人生，我就是這麼生活至今的，事到如今已不可能更改。

「……誰要告訴妳啊，我要睡了。」

沉默數分鐘後，我才開口。

身後傳來溫柔的聲音：「總有一天要告訴我喔。」

我的內心波濤洶湧，實在沒有精力拒絕她。

我在心靈與背部感受著她溫暖的情況下，慢慢閉上眼瞼。

那一天，尋死少女妨礙了我自殺。

2

在我捨棄壽命的第三次八月二十二日，星期日，天氣晴。

我醒來的瞬間，與一之瀨四目相交。

「早安。」

從上方探頭窺視我的她，對我莞爾一笑。

似乎是在偷看我的睡臉。比起錯過自殺絕佳機會的焦躁，我更安心昨晚的事情並非夢境。

接下來該怎麼辦？我懶得思考，鑽進被窩打算再睡個回籠覺。

「我肚子餓了，出門去吃早餐啦！」

我的棉被立刻被掀開，回籠覺看來是睡不成了。

我拖著半夢半醒的身軀走向浴室。洗完臉後，一之瀨便用想去散步的小狗般的眼神望著我。我昨晚什麼都沒吃就睡了，所以也很餓，只好換衣服準備出門。

一之瀨拉著我的手，領著我走向家庭餐廳。

時刻還是上午，外面非常悶熱。吵鬧的蟬聲叫個不停。

平常這氣溫我絕對不會出門，但光是有一之瀨陪在我身邊，我似乎走到天涯海角也不成問題。若是能就這樣永遠和她待在一起的話，日子該過得有多幸福啊。相比之下，用銀錶實現的理想生活根本微不足道。

我們走進當地的家庭餐廳，坐在角落的沙發。冷氣很涼的店內門可羅雀，向女服務生點餐後，餐點立刻便送來了。

「你總是點牛肉燴飯呢，你很愛吃嗎？」

「也許吧。」我含糊回答。

「那下次我做給你吃。」

我將視線從露出微笑的一之瀨身上往下移，用湯匙舀起牛肉燴飯並說道：

「今天是我最後一次跟妳見面。」

我瞥了她一眼，觀察她的狀態，但她卻面帶微笑，與我預料中的反應不同。

「為什麼呢？」

「那是因為……被別人發現，會引發各種麻煩。」

一之瀨嘻嘻笑道：「這倒是有可能喔。」

「如果見不到你，我乾脆來去自殺好了……」

她望著窗外，一臉若無其事地刻意用我能聽見的音量呢喃道。

「就算是開玩笑，也別輕易說出這種話。」

「我沒有在開玩笑啊。既然見不到你，我活著還有什麼意義。」

一之瀨表現出一副不卑不亢、若無其事的態度，那副模樣與自殺時期的她重疊在一起。

「如果你想妨礙我自殺，就必須一輩子監視我。」

「我怎麼可能做得到嘛……總之，不要再見我，也不要再自殺了。」

我如此說道後，一之瀨便斬釘截鐵地回答：「恕我拒絕！」

直勾勾地盯著我的她，散發出來的氣息有別於以往。

「過去我害怕被你討厭才隱藏起本性，其實我任性又愛撒嬌。當你和其他女性來我打工的地方時，我真的大受打擊、醋意大發。與其被其他女性搶走，早知道當初再更積極一點就好了，我一直覺得很後悔。所以我決定下次見到你時要盡情地撒嬌、說許多任性的話來讓你感到為難。」

一之瀨喝了一口橘子汁後，補充道：「因此——」

「就算你說不行我也會去見你，如果你不肯見我，我就去自殺。」

「你等著瞧吧！」她露出天真無邪的笑容向我下戰帖；我只能嘴硬地說：「隨便妳。」

隔天早上我醒來時，又跟一之瀨四目相交。

「早安。」

面帶微笑的一之瀨把我從床上挖起來，我一如往常地蓋上棉被，又被她一如往常地掀開。她拉著我的手，開心地笑道：

「今天要不要去看電影？」

「反正妳也沒什麼想看的片吧……」

我搶回棉被，再次蓋上，又被掀開。

「有部片我想和你一起看啦！我們去啦！」

一大早便情緒高昂的一之瀨，用手指溫柔地戳了戳我的臉頰。

「知道了啦，別戳我。」

「好耶！」

結果，這一天我也被一之瀨拉著去看電影。

在我捨棄壽命的第三次九月十五日，星期三，天氣晴。

一之瀨從那之後，每天都來我家。

即使暑假結束開學之後也依然如此，我們又回到和以前相同的狀態。

就算我叫她不要來，她也充耳不聞，老是不肯回家。我沒有餘力趕她出去，拖拖拉拉地存活到今日。

因此，這一天我計畫在一之瀨去上學的期間，留下寫著告別留言的紙條，離開這個房間。

一之瀨說過我不肯見她的話，她就去自殺。雖然就這麼消失蹤影令我感到有些不安，但反正無法避免十二月二十六日將死的事實，我便賭她不會自殺，判斷早點離開才是為了她著想。

然而，來叫我起床的一之瀨穿的卻不是制服，而是便服。

「妳今天不是要上學嗎？」

我如此詢問後，她便回答：「今天是創校紀念日，所以放假。」

「相葉先生，我們今天去遊樂場玩吧！」

她用雙手抓住我的手臂，試圖將我拽出床舖。

「快點、快點！」

「別拉我，我自己起來。」

一之瀨拉著我來到的遊樂場，是我以前帶她來過的地方。

我們站在射擊遊戲前，射擊殭屍。我們合作無間得與以前無可比擬，接二連三地擊退殭屍，一路打到大魔王，緊張得手汗直流，經過一番激戰後順利過關。

「我們破關了呢！」一之瀨開心地抱住我，我也因為太過高興而緊抱住她。看在旁人眼裡，無疑是一對情侶吧。

之後我們又跑去玩賽車遊戲、射飛鏢、打擊練習和推幣機，走出遊樂場時天空已布滿一大片美麗的晚霞。起初我根本沒什麼興致，卻在不知不覺中忘記自殺的事，沉浸其中。順帶一提，我射飛鏢創下連敗紀錄。

我們在回家時經過的可麗餅店都點了巧克力鮮奶油口味。我懷念地心想：我們之前也像這樣邊走邊吃回去呢。

「我前陣子點了特別綜合水果口味，很好吃喔。」

「既然好吃，幹嘛不點那個口味就好？」
「我點巧克力鮮奶油口味是有深意的。」
「深意？」
「因為我想和你吃同樣的食物。」
一之瀨嘴邊沾著鮮奶油笑著說道。
在我捨棄壽命後的第三次九月二十八日，星期二，天氣晴。
決心「這次一定要離開這個家」的我，必須在一之瀨來叫醒我之前起床，展開行動……
原本是預計這樣的。
結果我早上在床上醒來後，感覺不太對勁，全身非常沉重，一掀開棉被後，看見一之瀨趴在我身上睡得正甜。
「妳……在幹什麼啊？」
我搖醒一之瀨。確認時刻後，早已過了九點。比起為何手機的鬧鐘沒響，我對一之瀨沒去學校，還在床上一事感到更加疑惑。她這天穿的依然不是制服，而是便服。
「妳不用去上學嗎？」
「今天是創校紀念日……」
「妳的學校一年裡究竟有幾次創校紀念日啊？」

我將一之瀨的臉頰拉向兩側，延展得非常長。她發出微弱的聲音說：「我今天不想去上學。」然後將臉埋進我的胸口。她的體溫令我睡意漸濃，也削弱了我離開這個家的決心。

我撫摸她的頭撫摸了一會兒後，她在我胸前打了一個小呵欠便起身。

「今天要不要去水族館？去你之前帶我去的地方。」

一之瀨如此說道，今天也拉起我的手。

我們搭乘呈現包場狀態的電車車廂，確定沒有其他人在場的一之瀨，靠在我的肩上。與她再次相見之前，我萬萬沒想到還會有這一天的到來，像這樣與她在一起，彷彿像在做夢一樣。當我藉由將身體靠在我身上的她的體溫來確認這是現實的時候，抵達了目的地。

進入水族館後，一之瀨挽著我的手臂。我沒有拒絕，宛如一對情侶般地在館內到處閒逛。

「有那麼多數量，感覺會有魚被排擠呢。」

一之瀨仰望著一大群在水槽游泳的沙丁魚說道。

「真巧，我之前來這裡時也想過同樣的事。」

「如果我是沙丁魚的話，肯定會被排擠吧。」

「因為妳在泳池也不會游泳嘛。」

一之瀨一臉不滿地說道：「我不是那個意思。」對不起嘛。

「就算我變成沙丁魚，你也會來救我的。」

「即便救了妳，兩隻沙丁魚也活不下去吧？」

我嗤之以鼻，但一之瀨卻搖頭說：「才沒有那回事呢。」

「我們會彼此鼓勵地活下去。為了不被拋下，我會拚命地游，所以你要誇獎拚命游泳的我喔。」

「這樣有彼此鼓勵到嗎？」

「等你變得坦率一點，我也會好好誇獎你的。」

「那是怎樣啊？」

粼粼的波光包圍著我們。

「要是真的變成了沙丁魚，我們要兩人一起游下去喲。」

「好啦好啦，如果變成沙丁魚的話。」

我仰望著一大群沙丁魚，心想那種生活方式或許也不錯。

在我捨棄壽命後的第三次十月六日，星期三，天氣晴。

「相葉先生，你差不多也該告訴我了吧？」

一之瀨眺望著公園草地飛來飛去的肥皂泡泡問道。

「妳是指什麼事？」

我從鋪在樹蔭下的野餐墊朝草地吹泡泡。

「告訴我你差勁的地方啊。」

「妳還在介意那種事啊？」

這天我本來也打算離開那個家，結果跟一之瀨在公寓的通道撞了個正著，被她拉到公園來。我們踩著天鵝船，餵完鯉魚飼料後，在草地打羽毛球，兩個人一起吹泡泡。

過著不像再兩個月就要死掉的安穩日子。

不過，一之瀨也因此經常請假沒去上學，引起學校關注。她今天也沒去上學，像這樣和我在一起。

「我反而比較擔心妳，是在學校遇到什麼糟心的事嗎？」

「沒有啊，你為什麼會這麼問？」

「妳最近請太多假了吧！」

「唔……」一之瀨做出煩惱的舉止後，將腦袋枕到我的大腿上。

「我只是想盡量跟你相處久一點而已。」

「跟學校的朋友玩比較好吧。」

一之瀨在我的大腿上露出一副百無聊賴的樣子。

「在學校，我常常覺得比以前還要孤獨。沒有人知道我以前拒絕上學的事，也不知道我跟家人感情不好。所以，就算交到了朋友，學校也沒有人知道真正的我。」

這還是我第一次聽她吐露學校的不滿。因為我也經歷過類似的人生，所以早就預料到她應該會有這類的煩惱。

不過，我憂慮的並不是這種問題。

她打了一個大呵欠，呢喃道：「我有點睏了。」然後閉上眼瞼，風吹動她的劉海。我凝視著她安穩的睡臉，不禁撫摸起她的頭。

還沒進入夢鄉的她，閉著眼睛勾起嘴角。

在我捨棄壽命後的第三次十月十日，星期日，陰天。

這一天，我來到一之瀨打工的家庭餐廳。我來到這裡並不是來看她工作的模樣，而是為了確認某件事。

穿著女服務生制服的一之瀨一臉難為情地不時瞥向這裡。當我以目光追尋著她時，突然有兩名女高中生開口向我攀談。

「啊，月美的男朋友。」

「你是相葉先生吧？你在這裡做什麼？」

向我攀談的兩人是之前在校門口見過的一之瀨的朋友。

「這有什麼好問的？當然是來見月美的呀。」「也沒有別的理由了喔。」我對彼此笑著如此說道的兩人吐槽：「我不是她男友。」

我有事想問這兩個人。

我並沒有跟她們約好。聽一之瀨說，她們似乎經常光顧這間家庭餐廳，假日會來拍一之瀨穿著制服工作時的照片。一之瀨本人說她會感到很難為情，希望兩人別這麼做。

「我有事情想問妳們兩個。」我說明來意後，兩人便窮追猛問：
「什麼事什麼事？」
「是想問月美的三圍嗎？」
「我是很好奇啦，但並不是。」我如此回答後，便向兩人提出疑問……

在我捨棄壽命的第三次十月十二日，星期二，天氣晴。
這一天我將寫著告別留言的信箋放在桌上，決定在日出前離開這個家。信上也寫著暗示我會搭乘首班車的文字。
凌晨三點，不是一之瀨會來我家的時間。
平常我會隨身攜帶錢包和手機，但今天我什麼都沒帶，直接走向玄關。
當我穿上鞋，打開門後，
——映入眼簾的是一之瀨雙手抱膝坐在地上沉睡的模樣。
要是有女高中生睡在公寓的通道上，任誰都會大吃一驚吧。
然而我卻沒有。
我就是知道會這樣，才沒有帶任何東西出門。
我搖醒睡夢中的她。
「相葉先生……」

她搓揉著眼睛四處張望後，似乎立刻便理解了狀況。

「這是因為……呃……」她拚命想解釋，我握起她冰冷的手，一起出門散步。

徒步前往的，是老地方的那座橋。感覺若是在這裡，似乎能無話不談。

能聽見潺潺流水與蟲鳴聲。因為是深夜的關係，橋上比平常更加靜寂。一之瀨的黑色長髮隨風飄揚。

我把手搭在欄杆上，沒有望向她，而是眺望遠方的景色。

「離家出走……對，我是離家出走了！」

一之瀨像是突然想到藉口似地向我解釋。但這個理由很牽強。

「那妳進來家裡不就好了？」

「我想要是吵到你睡覺就不好了……」

我問笑容生硬的一之瀨：

「煙火大會的時候，妳為什麼會在那裡？」

「……什麼意思？」

一之瀨雖然反問我，但似乎也察覺到我問這句話的意圖。

「我聽妳朋友說，那一天妳們本來約好在家庭餐廳集合的吧？」

一之瀨原本跟朋友約好要去煙火大會。可是天氣預報一直顯示下雨的符號，所以在活動的前一天決定不去了。

改約在家庭餐廳集合，可是當天一之瀨卻沒有赴約。集合時間是我們在公園偶然遇見的不久前，聽說一之瀨突然向她們道歉說有急事不能來。

一之瀨沒去家庭餐廳是理所當然的。

因為當時她正讓我和她共撐一把傘，並且跟著我回家，不可能赴約。

為什麼一之瀨會待在距離碰面場所遙遠的公園呢？

原因很簡單。

因為她事前便知道我會經過那裡。

而且，她不只那次預料到我的行動。

也知道我打算離開那個家。恐怕是像今天那樣一直坐在門前，監視我有沒有趁深夜出門吧。

一到早上便走進我家，並這麼說：「我今天不想去上學。」

然後，拉起我的手帶我去玩。

也就是說，一之瀨——**事先知道我的行動，故意妨礙我自殺**。

面對沉默不語的一之瀨，我緩緩開口：

「妳是什麼時候跟死神交易的？」

除此之外，別無其他可能。就算長時間跟我待在一起，也難以做到連續妨礙我自殺這種事，除非有讀心術，或是倒流時光。

「果然還是被你發現了。」一之瀨乾脆承認，笑著從口袋拿出懷錶。那只懷錶與我的銜尾蛇銀錶一模一樣，只有刻在錶蓋上的銜尾蛇朝向的方向相反這點差異。我的銀錶是向右，一之瀨的銀錶則是向左。

將兩只銀錶擺在一起的話，看起來便像是互相吞食的模樣。我曾在網路上看過這種圖案，就是銜尾蛇。

果然如我推測的一樣，銜尾蛇銀錶有兩只。

「就在煙火大會那天。其實當天你已經自殺了。」

我原本以為，就算我自殺，也不可能立刻被發現。不過，唯獨有個傢伙能隨時報警。我要在哪裡自殺，她只要讀取我的心便能輕易得知，也能在我自殺前就報警。

打從一開始，死神的目的就是這個吧？如今想來，那傢伙根本不可能會幫我。而是為了與一之瀨交易才假裝是我女友，斬斷我們的關係吧。為了讓她再次恢復尋死少女的身分。

一之瀨凝視著手上的銀錶說道：

「當死神展示這只錶給我看時，我便全都理解了。因為跟你擁有的懷錶一模一樣。我終於明白你為什麼總是能事先洞悉我的行動，又為什麼打算從我眼前消失。」

「既然知道得那麼清楚，為什麼還跟她交易？妳早就知道我來日不多了吧？」

我如此說道後，一之瀨便微笑回答：「那還用說嗎？」

「因為我想再見你一面。這次換我妨礙你自殺，我還想和你去各種地方遊玩。」

一之瀨開朗自豪地說道，實在不像是一個捨棄壽命的人。她的態度絲毫不見任何後悔的情緒。

「就算是這樣……也不值得妳拿壽命交換吧！」

「我就是怕你這麼說，才沒告訴你的。其實我本來打算一直瞞著你，直到你離開這個人世的。」

看見一之瀨理直氣壯的態度，我生起悶氣。

「為了一個將死之人捨棄壽命，頭腦有問題吧？」

「我一個將死之人，哪裡還需要在意那種事？」

一之瀨回嘴道，還得意洋洋地比出勝利手勢。

「再說，是你不好！妨礙別人自殺，竟然還想自己去死！扔下我一個人先走，未免太奸詐了！」

我對惱羞成怒的她嘆息道：

「……妳捨棄壽命，不會後悔嗎？」

面對我的提問，她笑容滿面地回答：

「完全不後悔。我之前也說過，若是沒有你陪在我身邊，我活下去又有什麼意義？所以，我絕對不會後悔。」

面對堅持如此主張的一之瀨，我輕聲呢喃：「妳真傻……」

「隨你怎麼說。反正我就快要死了，不管你怎麼說我、多麼討厭我，我都不在乎。我要做我自己想做的事。」

一之瀨如此說道，用手指戳了戳我的肩膀。

「所以啊，相葉先生。」

我轉身面向一之瀨，她衝過來抱住我，力道大得快把我撲倒。

她仰望我的臉。

「反正我就快要死了……」如此呢喃。

臉愈靠愈近。

然後——

我們的唇瓣交疊在一起。

短短數秒。

光是這樣我便全身發燙。感覺立在我們之間的那堵牆逐漸崩塌。我對她的感情宛如水壩決堤般滿溢而出，感到心滿意足。

一之瀨離開我的嘴唇後，笑道：「做這種事也完全不覺得害羞。」隨後瞬間面紅耳赤。

「妳都滿臉通紅了，哪裡不害羞了啊？」

我拉起一之瀨的手，將她擁入懷中。

「呀！」

她似乎搞不清楚發生了什麼事，但立刻也回抱住我。

「為了我這種人……要是妳後悔捨棄壽命，我可不管喔。」

我撫摸著她的頭，發出顫抖的聲音說道。

「我怎麼可能會後悔呢？」

一之瀨摩挲著我的背，溫柔地回應。
「吶，一之瀨。」
「什麼事？」
我和一之瀨的體溫彷彿融為一體。
「妳願意陪在我身邊，直到我死去嗎？」
「我打從一開始就是這麼打算了。」
我一直很憧憬。
希望有人能將我這種人擺在心中的第一位。
渴望無償的愛。
如今將我緊擁在懷中的她，給予了我凌駕其上的東西。
這滿溢而出的心情，就是我一直夢寐以求的東西吧？
那一天，我在床上將過去的事毫無保留地全盤托出。
一之瀨溫柔地緊抱著我，直到我將成長歷程一路至今的事說完。她聽完後，像一年前的我一樣開口：「我能做的也只有隨口附和而已……」不過，對我來說，這樣就足夠了。
竟然在年少的女友懷中哭泣，我真是丟臉。
不過，一之瀨看見這樣的我後，依然對我這麼說：
「你果然不是差勁的大人呢。」

隔天起，我便不再偽裝自己，坦率地生活。

我們之間已沒有隔閡，能隨心所欲地與她共度時光。

銜尾蛇銀錶將時光倒流時，能保留持有者與其觸碰之人的記憶。一之瀨一再將時光倒流，盡可能增加我們相處的時間。

我們手牽著手去各種地方遊玩、互相撒嬌、當眾親吻。將至今以為無緣的事情，盡情地把過去忍耐沒做的分量全都補回來。

那些日子是我活至今日，最安穩幸福的時光。

3

在我捨棄壽命後的第三次十二月二十五日，星期六，天氣晴。

我僅剩的臨終之日，是平凡無奇的一天。

一如往常的光景。既沒有發生什麼大事件，也沒有下雪。

晴和的藍天，陽光和煦的冬日，讓人遺忘這世界上一秒中有多少人逝去。所以，我也對自己即將死去一事沒有什麼真實的感覺。

來到公園草地的我們，將野餐墊鋪在陽光之下。我隨便躺在野餐墊上，望著在我身旁吹著泡泡的一之瀨。空氣雖然寒冷，但傾瀉而下的陽光暖呼呼的。
我愈來愈睏，打了一個大呵欠。
「你睡了那麼久，還想睡啊？」
一之瀨溫柔地對我微笑，像哄小孩入睡般地撫摸著我的頭。
「妳這樣讓我更想睡了啦。」
我坐起來，舉起雙手伸展身體。
我們現在度過的，是第二次的十二月二十五日。
簡單來說，就是一之瀨使用銀錶，將時間從最初的十二月二十五日倒流之後。
因為是從晚上十一點半倒流二十四小時的關係，所以直到明天的上午十一點半，都無法再讓時光倒流。也就是說，等銀錶恢復功能時，我已經死了。
現在時刻是下午三點多。只剩數小時便將迎來我的死期。
基本上還是可能從明天的上午十一點半回到今天的上午十一點半。
不過，即便在觸碰屍體的情況下將時光倒流，也不太可能保留死者的記憶，就算失去死亡的記憶，我也不想再死第二次了。
我跟一之瀨商量這件事，決定不再延命。
「你既然沒睡的話，也來吹泡泡嘛。」
我接過一之瀨遞給我裝著吸管和肥皂水的粉紅色容器，吹起泡泡。
兩人同時吹出的彩色泡泡交錯在一起，逐漸飄向遠方。

我們從以前就談論過好幾次要如何度過最後一天。不過到頭來還是一如往常度過，並沒有做什麼特別的事。

本來還計畫出遠門遊玩，但前一天的疲累還沒有消除。

前一天的平安夜，我們兩人去了遊樂園。

因為玩得太瘋，耗盡體力的我們步履蹣跚地回到家。洗完澡後在床上互相嬉鬧，不知不覺便進入夢鄉。

兩人起床後已經下午一點多了，根本不知道是從幾點睡著的。

時間上已沒有餘裕出遠門，加上身體還很疲倦，又懶得從床上起來，第一次的十二月二十五日就在任憑一之瀨撒嬌的狀態下度過。

晚上十一點半，我們將時光能倒流多少就倒流多少，結果我們似乎比想像中還要早睡，時光倒流到兩人都呼呼大睡的時間。

結果，第二次的十二月二十五日也一直睡到下午一點多。

我萬萬沒想到人生的最後一天，竟然有半天以上都在睡夢中度過。

感覺只有我是這麼度過的，沒有人會明知道有巨大隕石即將衝撞地球，還傻傻地去上學和上班吧。

大多數的人應該都會採取和平常不同的行動，以免留下遺憾。

可是一如既往的一天就令我心滿意足了。儘管是悠閒地吹著泡泡，只要能和一之瀨待在一起就夠了。從我開始坦然而活的那天起，我便有話直說，想去哪裡就去，兩個人隨心所欲地過日子。所以，沒有任何遺憾，事到如今也沒什麼想做的事。
我已不害怕死亡，我內心的恐懼已緩和到甚至沒有了自己即將死去的實際感受。
只是，對於獨留一之瀨在人世這件事感到不安。
她的壽命還剩兩年半，一個人沒問題嗎？會不會有一天也像我一樣後悔捨棄壽命呢？
假如她沒有跟死神交易的話，我早已悽慘地死去。
雖然對把她牽扯進來一事感到愧疚，但她本人不僅不後悔，還完全不在乎。證據就是她的銀錶並未失去效力。該說她值得讚賞嗎……就是因為她這種個性，我才希望她能一直歡笑直到臨終。
我看著天真無邪吹著泡泡的一之瀨，突然心頭一緊。
我粗魯地撫摸她的頭後，她滑順的髮絲變得亂七八糟。然而她卻絲毫不感到厭惡，只是害羞地笑了笑。
「幹嘛突然亂摸我的頭？」
「我想說，得趁現在摸個夠才行。」
「那你就盡量摸吧。」
一之瀨靠過來，放下泡泡水，握住我沒拿東西的那隻手。
「我說，相葉先生。」
「嗯？」
「如果我說其實我瞞著你從未來回到過去，吃驚的是到了明天你也沒死，你會相信嗎？」

「不信，不可能。」

我如此回答後，一之瀨便不滿地說道：「相信我啦。」

雖然還沒有即將死去的真實感受，但我也不認為自己能繼續活下去。與一之瀨親吻後的那天起，每天過著如夢似幻的日子，此刻我也有點懷疑是不是在做夢。

過著如此幸福的生活，感覺遭到天譴也是無可奈何的事。

「我是說假如。假如到了明天你還活著，你有什麼想做的事嗎？」

我望著遠處正在玩球的一家人思考。

「我想和妳再去哪裡遊玩。」

「好耶。如果你沒死的話，我們再去哪裡玩吧。」

她靠著我的肩，興致勃勃地問道：「還有呢？」

「沒有了耶。只要能和妳在一起就好。」

「……這樣我也很開心啦，不過沒有其他想做的事了嗎？」

「那妳有想做的事嗎？」

「當然有啊。高中畢業之後……我想和你同居！」

儘管有些不好意思，但是她的表情是如此認真。

我回答：「如果沒死的話啦。」她便綻放笑容開心地說：「太好了！」

「既然都同居了，也養隻寵物好了。」

「假如要養寵物的話，因為我家是公寓，不能養貓或狗喔。」

「不養貓狗，也可以養倉鼠或是……六角恐龍之類的！」
「六角恐龍感覺有腥臭味，我不想養呢。」
「咦……」一之瀨發出深感遺憾的聲音；我笑著安慰她：「開玩笑的啦。」
「然後有時兩人一起出門逛逛，有時在家一起玩吧。」
「結果我們兩人想做的事都一樣嘛。」
「才不一樣。總有一天我們會結婚，然後……」
直接陷入沉默的一之瀨，臉蛋愈來愈脹紅。
「然後？」
我催促她說下去後，一之瀨便扭扭捏捏，一臉難為情地開口：
「……生小孩。」
聽完後，連我也跟著羞臊了起來，不禁挪開視線，不料視線的前方卻是家人帶著小孩的畫面，真是自掘墳墓。
「我、我們不是都跟家裡處不來嗎！所以，我想應該能夠建立一個美滿的家庭。」
我想像如果真的和一之瀨組建家庭的話。
「應該會很幸福吧。」
等我回過神時，才發現已脫口而出。
「一定會是全世界最幸福的家庭。」
「全世界最幸福嗎？」

「全世界最幸福。」

一之瀨溫柔地微笑。

之後，我們也一直談論不會到來的日子。

一直聊到天色變暗。

離開公園時氣溫驟降，我們牽著手回家。

回程時，她問我：「晚餐要吃什麼？」我回答：「我想吃妳煮的菜。」於是她自信滿滿地回覆道：「包在我身上！」

我們去超市購買食材，回到家時是晚上七點左右。

接著吃了一之瀨做給我的牛肉燴飯後去洗澡，然後我們依偎在床邊，一直握著手。

在寂靜籠罩的房間裡，我們聊起從邂逅那天起一直到今天發生的事。

我本以為早就把想說的話都說完了，沒想到臨終之前依然有許多話從嘴裡吐出。

時間在我們互相讚美、表達感謝之中漸漸過去。

即使過了晚上十一點，時間依然繼續流逝。

甚至感覺時間流逝得比平常還要快。

隨著臨終之時將近，我們不斷接吻。

晚上十一點五十分，我們凝視著手機螢幕。

「……還剩十分鐘。」

一之瀨一臉落寞地說道。

「相葉先生，你不怕嗎？」
「不怕。」
我不怕死。
「真的嗎？沒有在逞強？」
「沒有。」
我只害怕又留下她一個人。
「吶，一之瀨。」
「什麼事？」
「對不起喔。」
我將她擁入懷中，撫摸她的頭。
「沒辦法徹底拯救妳。」
雖然在一之瀨的陪伴下迎來生命終點令我感到安心，但如今我卻湧起後悔之意，還是希望她好好活下去。
然而一之瀨卻溫柔地微笑：「不要道歉啦。」摩挲我的背。
「我一直獨自承受恐懼，是你為無能為力的我創造出容身之處。你拯救了我無數次。」
一之瀨的體溫傳了過來。
這份溫暖也只剩兩年半就要消失了嗎？
「可是，我希望妳變得更加幸福。希望妳不再捨棄性命，走上另一種人生。」

一之瀨拉著我的雙臉，笑道：「你在說什麼啊？」

「我已經夠幸福了。如果能再次跟你相見，付出一條性命簡直太划算了。而且，如果我不陪在你身邊的話，你不就孤零零的一個人了嗎？」

為了我捨棄壽命，還說得出「划算」的，大概只有她了吧。

正因為我邂逅了尋死的她，才得到救贖的。

「妳真堅強，竟然能不感到後悔。」

「我之前也說過了吧！說我『才不會後悔』。」

「是啊，在逛完動物園回去的時候說的。」

她的銀錶直至今日讓時光倒流過無數次。錶針沒有消失，延長了我能活命的時間，這令我又悲又喜。

隔了一會兒，一之瀨開誠布公似地開口：

「我一直很討厭自己的人生，遇到的淨是些難受的事，也曾抱怨為什麼自己非得遭受這種折磨。我一直認為這輩子我都必須憎恨著自己的人生活下去。不過，如果不是過著這樣的人生，我就不會跟你相遇了吧。當我開始轉念這麼想後，便能喜歡自己的人生了。」

那一瞬間，類似詛咒般東西赫然消失。

「說得……也是呢。如果不是過著這樣的人生，就不會與妳相遇了呢。」

「就是說呀。你之前不也說過嗎？你說如果我正常去上學，跟家人也相處得很融洽的話，我們就不會相遇了。」

一之瀨溫柔地撫摸我的頭。

「因為你活到現在，我才有勇氣活下去。」

她的這番話讓我覺得自己的人生終於得到寬恕。

曾認為一文不值的過去，也確實富有意義了呢。

而賦予我人生意義的，正是眼前的她。

「一之瀨，謝謝妳。我愛妳。」

我嘟囔般地說道。

「不客氣，我也愛你。」

一之瀨呢喃般地說道。

我們將臉湊向彼此，雙唇交疊。

交換彼此最長的吻。

在親吻的期間，我再次想像。

如果我沒有捨棄壽命，而是過著普通人生的話會怎麼樣？

想必即使活了幾十年，都不會與一之瀨相遇吧。

就算過著理想的生活，我的身旁卻沒有一之瀨。

即便奇蹟似地遇見了一之瀨，我也無法阻止她自殺吧。

我們必須以這種方式相遇。

正因為我們都是捨棄壽命的人，才能建立起獨一無二的關係。

這肯定是最棒的人生。

不是後不後悔捨棄壽命的事。

我的人生如果沒有遇見她，就不會得到救贖。

當我們的唇瓣離開彼此時，我如此確信。

在錶針指向五十五分之前，淚水開始撲簌簌地從一之瀨的眼眶掉落。她將臉埋進我的胸口，不讓我看見她流淚。

我用右手溫柔地不斷撫摸她的頭。

她沒有停止哭泣的跡象，時間就這麼不停地流逝。我所剩下的時間不到五分鐘了。我想至少在死前為她擦乾眼淚，打算站起來拿面紙。

當我伸出左手朝後方撐著地板，正要站起來的瞬間，指尖傳來觸碰到冰涼物體的觸感。非常冷冽。大吃一驚的我回頭望向左手，手指掩藏在床下，看不見指尖的冰冷物體。

我戰戰兢兢抓住那個物體，把它從床下拿出來，不過當我抓住它時，我便知曉那是什麼東西了。

是蒙上一層灰的銜尾蛇銀錶。從刻在錶蓋上銜尾蛇朝向的方向來判斷，可以確定是我的，而不是一之瀨的。

它怎麼會掉落在床下？

自從它無法讓時光倒流後，我便不再隨身攜帶，將它擱置在房間裡。

不過，我試圖挖掘最後看見它的記憶，卻始終想不起來，也沒發生過會將它掉落在床下的事。我心生疑惑地眺望著銜尾蛇銀錶。
就在這個時候——
銜尾蛇銀錶從我手中滾落。
等我回過神時，發現自己全身無力，差點倒向一旁。
一之瀨連忙想要將我扶起，我卻就這麼癱軟倒下。
「相葉先生！你沒事吧？」她拚命地呼喚我。
我想回應卻發不出聲音。
她的聲音愈來愈遙遠。
她似乎緊握著我的左手叫喚著什麼，但我什麼都聽不見。
也感受不到她握著我的手的溫度。
我能看見一之瀨的淚水如雨滴般滴滴答答地掉落。
這就是所謂的死亡嗎？
眼皮愈來愈沉重。
她抽泣的模樣逐漸模糊。
過往的回憶浮現腦海。
就是所謂的人生走馬燈吧。我本以為自己看見的走馬燈應該會很悲慘，沒想到全是和一之瀨的回憶。
我竭盡最後的力量，伸出右手想要擦拭她的眼淚。

不過，終究沒有觸及她的臉龐。
耗盡力氣的右手掉落在銜尾蛇銀錶上，已無法動彈。
逐漸薄弱的意識中，我一直在思考如何才能讓她停止哭泣。
如果還能有時間讓我安慰她的話……
需要多少時間才能讓她停止哭泣呢？
一、兩個小時似乎不夠。
我想想……至少再給我一天的時間……

我的眼瞼慢慢閉上。

4

我聽到聲音……
呼喚我名字的聲音……
「相葉先生！相葉先生！」
我被耳熟的聲音喚醒，張開雙眼。
一之瀨趴在我身上。
從她眼眶滴落的淚水落在我的臉頰。

我在搞不清楚狀況的情況下想要坐起身子，一之瀨卻緊抱著我哭泣，害我的腦袋用力撞到後面的牆壁。我捂著頭望著抽泣的一之瀨，看著看著就想起自己臨終之時。

不過，我所在之處既非天堂，也非地獄，而是熟悉的床上。

我望向放在枕邊的手機確認日期與時間。

是十二月二十五日的下午一點多。

我不認為我在做夢，況且如果是夢的話，為什麼一之瀨在哭泣？

「妳將時光倒流了嗎？」

我詢問一之瀨，她卻只是在我胸前搖了搖頭。

我不斷摩挲著她的背部，思考時間倒流的原因。

無論經過多久，一之瀨依然哭個不停，我也始終不知道原因。

說起來，我好像在臨終時祈求希望再多給我一天來安慰她。

……如果是這樣的話。

我將手伸向床上，摸索尋找銜尾蛇銀錶。

我抓起銀錶打開錶蓋一看，果然如我所料。

自從無法倒流時光而消失的錶針，又恢復了原狀。

錶針停在十一點五十九分五十七秒。

看來確實是這只銀錶發揮效力，讓我再次回到過去。看一之瀨哭著抱緊我的模樣，應該是因為直到最後都握著我的手的關係，也保留了記憶吧。

為何銜尾蛇銀錶的效力又恢復了呢？

是因為一之瀨說的話，讓我心念一轉，對捨棄壽命一事不再感到後悔嗎？

再怎麼思考也想不出答案，而一之瀨依然繼續在我胸前哭泣。

我一個勁地安慰一之瀨，希望這次不要再留下悔恨。我花了三個多小時才讓她停止哭泣，即使哭完後她也一直緊抓著我的手臂不肯放開。畢竟經歷過那樣猝不及防的離別，兩人能一起度過的這段時光，每一分每一秒都珍貴得無法放手。真想永遠這樣下去。

我們沒有交談，默默地擁抱了片刻。房間內十分靜謐，能聽見時鐘秒針移動的聲音。

可是，這個房間並沒有時鐘。

耳熟的秒針聲音是從一之瀨的書包傳出來的。

一之瀨從書包拿出銜尾蛇銀錶後，慌慌張張地跑向我。

「相葉先生，我的銀錶……時針在動耶。」

時針確實是在移動沒錯。

照理說，一之瀨的銀錶直到明天的上午十一點半都不能使用才對。

為什麼時針在動？我們疑惑地思考。

「既然時針在動，就表示能讓時光倒流吧？」

「……要試過才知道。」

「……那麼，要試試看嗎？」

我握住一之瀨的手後，風景瞬間改變。

我們正搭乘雲霄飛車，坐在隔壁的一之瀨緊握著我的手。發出「喀噠喀噠」聲逐漸往上爬的雲霄飛車，與前一天聖誕節前夕時搭乘的是同一輛。

我們互相對視。

「時光倒——」

下一瞬間，雲霄飛車突然往下衝，一之瀨發出尖叫。

「為什麼能倒流時光？」

下了雲霄飛車後，我率先問道。

「該不會像持有者一樣，銀錶的記憶也會被保留吧？」

一之瀨看著手上的銜尾蛇銀錶說道。

「銀錶的記憶也會被保留？」

「我從以前就一直很在意了。」一之瀨說出這句開場白後，提出她的意見。

「倒流時光後，必須等三十六小時才能返回二十四小時前，然後再等三十六小時才能再用銀錶對吧？」

我點頭回答：「沒錯。」

「可是，這樣不是很矛盾嗎？既然能返回二十四小時前的狀態，照理說再等二十四小時就可以讓時光再次倒流才對吧。然而錶針卻停在時光倒流前的時刻，直到再過十二小時效力恢復後才會再次移動，我在想銀錶也像我們的記憶一樣，在接收相關的情報……也就是恢復效力前的這段經過時間。」

仔細想想，只有交易的人才能使用、後悔的話便會失去效力等，許多部分都跟持有者有關。也許最後倒流時光後所經過的時間和記憶也都一起保留了下來。

「如此一來，用你的銀錶一起保留下記憶的我的銀錶，也返回到最後一次使用後經過二十四小時的狀態囉。」

我快要死的時候，她的銀錶最後一次倒流時光後，已經過了二十四小時以上。接著用我的銀錶讓時光倒流，如果銀錶就這麼保留了經過的時間，那麼她的銀錶便已經過合計三十六小時的時間。

「如果假設成立的話，只要我和一之瀨輪流使用銀錶……」

「就能永遠讓時光倒流！」

我穩穩地接住了朝我撲過來的一之瀨。

一之瀨開心得就快要哭了出來，我卻還不敢相信。

「……怎麼可能有如此盡如人意的事？」

我之所以不敢相信這或許可能得救的希望，是因為腦海中浮現交給我這只銀錶的人物。

那傢伙怎麼可能沒發現這件事？

令我不禁想起與養父母初次見面時的恐懼感，擔心只是一時開心，最後空歡喜一場。害怕會不會又被現實背叛。如此一來，會讓此刻歡欣的她感到悲傷……

當我思考著這些事情時，一之瀨突然用力拉扯我的雙頰。

「相葉先生！你又在思考奇怪的事了吧？」

「喂、喂！住手……」

「我們不試試看怎麼會知道！」

一之瀨把手從我的臉頰鬆開後，用雙手包覆般地握住我的手。

「我們只有靠這個方法才能活命，最後就相信看看吧。」

溫柔微笑的一之瀨充滿自信，讓我感到安心。

都不知道誰才是大人了呢。

她的話給予我勇氣，讓我抱著試著踏出一步的態度開口：

「不相信的話，一切都免談了。」

我如此說道後，一之瀨便笑道：「就是說呀。」

就結果而言，她的假設是正確的。

用我的銀錶回到二十四小時前，立刻再用一之瀨的銀錶回到二十四小時前。

就算將時光倒流合計四十八小時，各自的銀錶在三十六小時後都能恢復效力。

換句話說，有兩只銀錶的話，就能永遠各自將時光倒流十二小時。

銜尾蛇銀錶就像我們倆一樣，兩只合在一起才能成為完整的錶，不辜負它的名聲。

之後我們便利用兩只銀錶，開始不斷倒流時光的日子。

我們一再返回過去，到各種地方遊玩。

持續著重複幾十次也不會厭倦的生活。

在一之瀨與死神交易拿到銀錶的那天，到十二月二十五日為止的四個月，我們遺忘了一個季節的時間。從旁人眼裡看來，永遠重複的四個月或許就像是無法逃脫的時間迷宮。不過，只要能夠一起度過，我們什麼都無所謂，打算再重複個幾千、幾萬次，持續倒流時光。

——直到死神出現在我們面前。

某天白天，當我們兩人走在橋上時，後方傳來一道聲音：

「你們打算倒流時光多少次……才肯罷休啊？」

回頭一看，是死神站在那裡。因為以往只在夜晚、颱風天或是天色昏暗時才看見她，所以在白天看見死神感覺……還挺新鮮的。

不過，更令人感到新鮮的，是死神的表情。

死神以前所未見般目瞪口呆的表情看著我們。

我們已記不清倒流了多少次時光。我和一之瀨都隨心所欲地過日子，每天都生活得很開心，不過對觀察人類的死神來說，大概受不了吧。她的臉色比平常還要差，一副快要吐出來的樣子。

「我們會永遠讓時光倒流下去。」

一之瀨一臉滿足地向死神比出勝利手勢。

「未必能如你們的願。」

板著一張臉的死神，彷彿重現那一天似地說道：

「我今天是來給你們忠告的。」

死神凝視著我們接著說道：

「你們這樣下去會後悔的。」

「妳的意思是我和一之瀨其中一人會後悔嗎？」

「沒錯，現在你們是為了彼此各自讓時光倒流，但當你們其中一方想放棄活下去時會如何呢？」

我試著想像了一下，但再怎麼樣都想像不出自己放棄活下去的模樣。

假如真有那麼一天，大概是一之瀨不在我身旁的時候吧。

「銜尾蛇銀錶必須兩只一起使用才能無限循環下去，若是其中一只銀錶不能使用的話就完蛋了。為了讓其中一人活下去而心不甘情不願地讓時光倒流延續性命，就等同於是基於責任感而活。總有一天會覺得麻煩吧。畢竟若是沒有得到那只銀錶，你們根本不會相遇，就能一個人輕鬆死去了，甚至不需要捨棄壽命。」

聽見這一番話，我們嗤之以鼻地說道：

「絕對不可能。」

「絕對不可能。」

我絕對不可能後悔遇見她。

看見我們兩人的反應，死神詢問：

「為什麼你們能說得這麼肯定？你們不是一直很想死嗎？為什麼能斷言以後不會想再次尋死呢？」

一之瀨回答死神的問題：

「就算我想死，相葉先生也會阻止我的，所以沒問題。」

面帶笑容如此回答的一之瀨摟住我的手臂，附加一句：「而且他會安慰我的。」死神把原本望向一之瀨的視線移到我身上。

「吶，死神。這下妳明白了吧！」

我已經不是當初捨棄壽命時的我了。

現在的我有非活下去不可的理由。

死神說得沒錯，也許今後會發生令我再想尋死的事情。

不過只要有她在我身邊，我就不會隨便糟蹋我的性命。

「會不會後悔，妳只要讀取我們的心就知道了……不是嗎？」

我沒有逃避死神投來的視線，目不轉睛地盯著死神的眼睛。

潺潺流水聲令人聽得心曠神怡。

將視線從我們身上挪開的死神，一臉遺憾地開口：

「看來無論我說什麼你們也聽不進去呢。」

一之瀨看著我的臉，莞爾一笑。我也回以她微笑。

「不過，我可不能再放任你們繼續倒流時間。」
橋上一陣風吹來，一之瀨的黑色長髮隨風飄揚。
「我要收回你們的銜尾蛇銀錶。」
聽完死神的發言，我們兩人反射性地脫口而出：
「收回？」
「也就是說……」
我們握著彼此的手，等待死神的下一句話。
死神依然沒有面向我們，面朝別的方向明明白白地如此說道：
「我要把壽命還給你們。」

尾聲

我不斷妨礙某位少女自殺。
那名少女總是陪伴在我身旁。
那名少女很愛向我撒嬌。
那名少女有些嬌弱，令人無法置之不理。
要妨礙她自殺非常簡單。
只要陪在她身旁，到了假日就帶她去玩。

那天晴空萬里，湛藍的天空一望無際。「幸好是晴天。」「是啊。」我跟身旁的少女交談。

四月某日，我們在車站的月臺等待電車進站。

我們所站立的場所是月臺的末端……才怪，是月臺正中央稍微靠前方一點的隊伍。因為假日的關係，四周有一堆帶著孩子的父母和情侶在等電車。

眼前的一家人正在閒聊，被父親抱著的小女孩對我們揮了揮手，我們也朝她揮手回應；後面有小學生精神奕奕地打鬧；旁邊的隊伍則有對情侶在卿卿我我，吸引眾人的目光。

我把視線從他們身上移開，看向我身旁的她。

她的名字是一之瀨月美。

升上高中二年級的她，至今依然將「如果不能和你在一起，我倒不如死了算了」掛在嘴邊。留到背部的黑直髮柔軟滑順，撫摸她的腦袋時觸感很好。身體雖然纖瘦，胃口還是非常大。她長高了一點，接吻時更方便了。外表成熟，兩人獨處時卻頗為任性，非常愛撒嬌。

當我凝望月美的側臉時，月臺播放電車即將通過的廣播。

發車資訊板也跑過「電車即將通過，請勿靠近月臺邊」的跑馬燈文字。

我緊緊握住月美的手，月美也回握住我。

如此一來，就無須擔心她跳軌自殺。況且她倚靠著我的肩膀，根本沒有要跳軌的意思。

電車轟隆作響，以飛快的速度通過眼前。

電車平安無事地通過後，月美便拉了拉我的手。

「對了，聽說我們之前去的動物園新增了一隻無尾熊喔。」

「畢竟只有一隻太寂寞了，之後再找個時間去看看吧。」

我們每週都會出門到各種地方遊玩。

像是去遠一點的主題樂園、爬爬山、參加活動、去水族館看水母之類的，假日可說是一定會外出遊玩的程度。

今天月美突然說她想去海邊，為了實現她的願望，我們一大早就像這樣在等電車。

我們搭乘慢分的電車，並坐在七人座的椅子上。

月美靠著我的肩膀，我不禁撫摸起她的頭。

先前不斷倒流時光時，我們不在意旁人的眼光，隨心所欲地生活，已經養成習慣了。從旁人的眼裡看來，我們大概是一對笨蛋情侶吧。事實上也是如此啦。

曾經做好心理準備要面對死亡的兩人。

如今根本不在乎別人怎麼想，反倒是以前太過在意別人的眼光了。

我們現在是真正意義上的在活著。

並非是壽命失而復得或是逃脫無限時光倒流循環這類的事。

而是更早之前就停止的指針重新開始轉動。

這一段路程崎嶇而漫長。

不過，回首過去，卻總覺得有哪裡不對勁。

我妨礙月美自殺二十次，臨死前時光倒流，最後死神歸還壽命。

明明過去事事不順遂，捨棄壽命之後未免太過一帆風順了吧！

既然諸事順利，也沒有必要在意，但因為每個重要的分歧點死神一定會出現，才令我無法不在意。

如果死神沒有交給月美銜尾蛇銀錶的話，時間便無法無限倒流，而我早就已經死了。當我想要阻止月美第二十次自殺時，也是她告訴我月美不在月臺。

死神只是想觀察我痛苦的模樣，並非是想要我的性命。

況且，她只是自稱死神，我還是不清楚那傢伙是何方神聖。

從死神的言行舉止來判斷的話，她之所以把銀錶交給月美，是因為想讓我的努力付諸流水，也有可能是因為想製造讓月美捨棄壽命的契機，才演出那場彆腳的鬧劇。

結果我們卻重修舊好，利用兩只銀錶無限倒流時光。

當我阻止她第二十次自殺時又是如何？

我抵達橋上時，月美的腳已經快撐不住了。

如果沒有死神的建言，我勢必會在車站月臺不斷尋找她的身影，恐怕來不及拯救她吧。要是當時沒有拯救月美，我將會多麼地自責。這樣不是正好會發展成死神喜愛的戲碼嗎？

難道只是事態不如她的預期嗎？

還是她有其他的意圖？

抑或是她其實是在誘導我——拯救月美？

我曾經跟月美討論過幾次這件事。月美說：「她該不會其實是月下老人吧？」我反射性地否定：「不可能。」

不過，我偶爾會想說搞不好真的是。

我會如此思考，是因為死神將壽命歸還給我們時所露出的表情，清純得不符合她的作風。

從那天起，死神便不曾出現在我們面前。

「是海耶！」

來到沙灘的月美，舉起雙手做出像小孩般的反應。

白浪湧上沙灘，春季剛到，風還有點冷。

我們漫步在沙灘上，留下明顯的足跡。月美比較兩人足跡的尺寸，說道：「大小完全不一樣呢。」

「到了夏天，我想去游泳。」

「好耶。到時候我們再來這裡。」

像這樣事先安排計畫，也是遇到月美後才養成的習慣。

不過，我們居住的世界依舊如昔，我們也沒什麼太大的變化。

像前幾天我又惹月美生氣了。「已經不需要再無限倒流時光了，所以妳也沒必要非得跟我在一起。要是妳不想待在我身邊的話，可以隨時跟我說。」我說出這類話後，月美大發雷霆。

「我從未後悔為你捨棄壽命，又怎麼可能會不想待在你身邊呢？」

月美如此肯定地說道，用力拉扯我的臉頰。抱歉。

她也依然從星期一到星期五每天早上都在說：「我不想去上學……」

我總是撫摸著她的頭告訴她：「用不著勉強自己去上學。」結果說來說去，她還是會乖乖準備出門。因此，目前她還是照常去上學，沒有任何問題。

我現在手頭上還剩下一點錢，但總有一天我也必須去工作才行。也許到時候會像月美一樣耍賴說「我不想去上班」吧……

我認為我們現在依然難以在這個社會上生存，如果可以的話，我並不想與他人有任何牽扯。我覺得這個世界上如果沒有月美陪在我身邊的話，我死也無所謂，月美似乎也跟我有同樣的想法。

反過來說，我們想趁現在還能到處玩耍的時候活下去。

互相妨礙彼此自殺，共同生活下去。

我們的戀愛或許就是所謂的共依存症吧。

我偶爾會聽說互相依存的關係不怎麼好，但我卻不明白哪裡不好。

我認為會這麼說的人不是周圍有許多人存在，就是沒有真正愛過的人。這世上應該也有許多像我們一樣，必須有另一個想一起生活下去的人存在，否則便無法存活的人才對。

這樣就好了。

我們只知道這樣的生活方式。

「月美，我愛妳。」

我為了不讓她感到孤單而吐出這句話。

「幹嘛突然這麼說？」

「就突然想說啊。」

「出其不意說出愛的告白可不好喔。」

月美一臉難為情地對我說：

「我也最喜歡阿純你了。」

我們漫無目的地走在沙灘上。

習慣這肉麻幸福的日子會到來嗎？

目前還不知道。

不過，我想只要有她在我身邊，我就能像這樣一直走下去。

所以我——從今往後也會一直……

妨礙尋死的她自殺，帶她去玩。

後記

「要是能這樣死去就好了……」

這是數年前一位女性友人呢喃的話。

我當時只能說出一些含糊其辭的話敷衍帶過，令我後悔不已。

說不出體貼人心的話也是原因之一，最重要的是，我也和她有類似的心情。就算當天就是我的忌日，也沒什麼好困擾的。

我高中畢業後沒有上大學，也不工作，隨心所欲地過日子。即便是正在撰寫後記的此刻也處於同樣的狀況。

或許有人會認為我——又沒有把壽命交給死神，為什麼要活得這麼愚蠢？但這是我深思熟慮後，想到最適合我的生活方式。

自從改用這種自暴自棄的方式過活後，我才第一次覺得自己的人生很快活。

某一天，我認識了一位女性，她是個很努力的人，但看起來活得很痛苦，有些部分跟以前的我很像。所以，才對她打開了心房吧。

兩人出門時，我會不自覺地向她提起「以前的自己」。雖說對她卸下心防，但在我心中這不算是什麼大不了的事，所以只能說出一些片段。

可是聽完我的話後，她擺出一副泫然欲泣的表情。我又沒說「想死」，她卻跟我說：「不能尋死喔。」

然而聽見她說出：「要是能這樣死去就好了」這句話，我卻只能說些敷衍的話帶過。我其實是想說些話鼓勵她的，但我想我這種放棄人生的人所說的話也沒什麼說服力，便收回了這個念頭。

因此我思考自己是否能為她做些什麼事而寫起了小說。我想透過這個故事為她加油打氣。總比說些沒有說服力的話來得好吧。

當然，我不敢直接對她說「我寫了小說，希望妳閱讀看看」，而是妄想著「要是得獎出書的話，就請她閱讀吧」。

如今回想起來，那時我大概是瘋了吧。不過，我可是超級認真的，從頭學習如何寫小說，拚命摸索著寫了出來。

——結果請她閱讀的夢想在我得獎前就破滅了……

之後我的生活也產生了巨大的變化，變得自暴自棄、揮霍無度，存款也快要見底。終於覺得自己的人生也差不多到此為止了吧。

我就是在這個時候收到這部作品得獎的聯絡。

我從以前就非常討厭「只要活下去總有辦法的」這類話，但只要還有一絲希望，或許還是必須多多少少相信一下才行吧。

這本書就是我這種差點走上絕路的人所寫的故事。

或許沒有說服力，但如果能讓各位讀者看完之後打起精神的話，將是我莫大的榮幸。

國家圖書館出版品預行編目資料

沒有明天的我們，在昨天相戀/星火燎原著；徐屹譯.--初版.--臺北市：皇冠文化出版有限公司.2022.7
面；公分. --（皇冠叢書；第5033種）
（Dear；4）
譯自：死にたがりな少女の自殺を邪魔して、遊びにつれていく話。
ISBN 978-957-33-3905-2(平裝)

861.57　　111008965

皇冠叢書第5033種
Dear 04

沒有明天的我們，在昨天相戀

死にたがりな少女の自殺を邪魔して、遊びにつれていく話。

作　　者—星火燎原
譯　　者—徐屹
發 行 人—平雲
出版發行—皇冠文化出版有限公司
台北市敦化北路120巷50號
電話◎02-27168888
郵撥帳號◎15261516號
皇冠出版社(香港)有限公司
香港銅鑼灣道180號百樂商業中心
19字樓1903室
電話◎2529-1778　傳真◎2527-0904
總 編 輯—許婷婷
美術設計—單　宇
行銷企劃—薛晴方
著作完成日期—2021年
初版一刷日期—2022年7月
初版五刷日期—2024年2月
法律顧問—王惠光律師

讀者服務傳真專線◎02-27150507
電腦編號◎579004
ISBN◎978-957-33-3905-2
Printed in Taiwan
本書定價◎新台幣360元/港幣120元